物语人生

张国俊◎著

陕西新华出版

太白文艺出版社·西安

图书在版编目（CIP）数据

物语人生 / 张国俊著 . -- 西安 : 太白文艺出版社，
2025. 1. -- ISBN 978-7-5513-2878-4

Ⅰ . I227

中国国家版本馆 CIP 数据核字第 2024AE4868 号

物语人生
WUYU RENSHENG

作　　者	张国俊
责任编辑	张　曦
封面设计	青年作家网
版式设计	朵云文化
出版发行	太白文艺出版社
经　　销	新华书店
印　　刷	永清县晔盛亚胶印有限公司
开　　本	787mm×1092mm　1/16
字　　数	150 千字
印　　张	14
版　　次	2025 年 1 月第 1 版
印　　次	2025 年 1 月第 1 次印刷
书　　号	ISBN 978-7-5513-2878-4
定　　价	68.00 元

墨舞心澜

汪鑫

提笔之际，心潮澎湃，为张国俊老师之新作《物语人生》作序是一件非常高兴的事情。自《天涯飞絮》轻启诗梦，至《天涯漫步》悠然前行，再至《天涯写意》意境深邃，而今《物语人生》翩然而至，每一部集子，皆是作者对生命奥秘的深入探问，是岁月长河中智慧与情感的璀璨浪花。

"物语人生"，四字轻启，却如重锤击心，引人深思。在张老师的自序中，我仿佛跟随他穿越了风雨交加的过往，那些关于生存与挣扎、挫败与重生的故事，如同老树盘根，深深扎进生命的土壤。他，以不屈之姿，于命运的风暴中翩翩起舞，每一次跌倒，都是对生命韧性的锤炼；每一次站起，都是对生命意义的深刻领悟。

年逾天命，物质丰盈而不失精神追求，张老师以诗为舟，以词为帆，航行于浩瀚的精神海洋。在这个物欲横流的时代，他独守一份宁静，从自然万物中汲取灵感，以笔墨为媒，抒发对生命的敬畏与热爱。他的诗词，是心灵的独白，是灵魂的歌唱，每一行诗句，都蕴含着他对世界的温柔凝视与深刻洞察。

回顾张国俊先生与青年作家网的合作历程，作为青年作家网的签约作家，他一直与我们保持着密切的交流和互动。《天涯漫步》由青年作家网策划，中国华侨出版社于2022年出版发行；《天涯写意》由青年作家网策划，远方出版社于 2023 年出版发行。我们见证了他在诗词创作道路上的成长与进步，也为他的坚持和努力而感到骄傲。他的作品不仅在青年作家网受到众多读者的喜爱，也在更广阔的文学领域引起了关注。

而《物语人生》，不仅是对张老师近年来诗词创作的一次总结与升华，更是他心灵世界的一次全面展现。这部作品集，如同一座璀璨的文化宝库，收录了 2022 年 1 月至 2024 年 5 月之间精心雕琢的诗词佳作，计诗篇四百有余，词章近二百阕，每一首都是他心血的结晶，情感的流露。

在这个快节奏的时代，能够静下心来品味诗词之美，感受作者的真情实感，是一种难得的享受。读张老师的诗词，如同漫步于花海之中，每一朵都散发着独特的芬芳；又如聆听天籁之音，每一曲都触动到心灵的最深处。他笔下的世界，既有"采菊东篱下"的恬淡，也有"会当凌绝顶"的豪迈；既有对自然之美的细腻描绘，也有对人生哲理的深刻思考。

此序，愿为《物语人生》之引，引领读者步入张老师那充满诗意与哲思的世界。愿每一位读者，都能在此找到心灵的归宿，感受到生命的温度，领悟到生命的意义与价值。

让我们共同期待，张国俊老师在未来的文学道路上，继续以笔为剑，以梦为马，书写更多触动人心、启迪智慧的诗篇，让文学之光，照亮我们前行的道路。

2024 年 7 月 27 日

（作者系青年作家网总编辑）

自序

我的生命，为何如此顽强

张国俊

我的第三部个人诗词精选集即将出版，但是我一直因没有合适的序言而惴惴不安。这个问题，自从酝酿出版第三部个人诗词精选集开始，就一直在困扰着我。直到最近，似乎有了些答案。

最近，看过了一些方方面面的文章，听说了一些方方面面的逸事，突然发现，我如此浅薄的人生，却又如此顽强。

回想起来，我陷入或遭遇绝境应该有好多次了，其中记忆清晰的就有四次。但是，每次我都能化险为夷，连我自己都不敢相信。大家都说"大难不死，必有后福"，直到今天，我也不知道自己的后福是什么，在哪里。

这些还不算什么，毕竟大多都只是些肉体上的伤害，哪怕是失去生命。其实最令人难以想象的是，在遭受一次又一次精神上的伤害以后，我，还依然好好地活着。也许正是精神上的强大，才帮我强壮了肉体，才使我一次次幸免于难。

我这么活着，我不敢想象别人为何而活。我也好奇，或者到底是为了什么？我精神强大，那我这强大的精神又是为了什么呢？我想，是为了探寻和实现生命的意义。

眼看已过天命之年，事业虽是不值一提，所幸衣食是无忧的，物质生活是有保障的。然而，物质生活的充足，反衬出我精神生活的空虚。我不满足，因此我一直在苦苦寻找和追求。直到有一天，我看见了我身边的花草树木等诸事万物，突然觉得它们每一个的存在，都是在向人们昭示一种生命的意义。我在欣赏它们的同时，尝试用简单的文字把这些意义揭示出来，不管肤浅也好、深奥也罢，对也好、错也罢，借此来促进人们的思考。这些简单的文字，最终集合成了我的一部又一部水平不高但也饱含心血的诗词文稿。或许，我的一生就是为此而来。我似乎找到了我生命的意义，至少缓解了我内心长期以来的空虚感。

作为一个人，要懂得生命的意义，只要活着，就必须得追求点什么，实现点什么，哪怕是为了家里不再缺衣少食，为了自己不再遭人白眼……这些都是进步。否则，人类社会一步步发展，怎会有今天的文明？

今天，人们的物质条件已经比较丰富了，衣食无忧。但是今天如果仅仅停留在衣食无忧的这个层面上，是不是又显得有些肤浅和苍白呢？试想象一下，如果我们每一个人在物质条件已经相当丰富的情况下，还依然专注于不停地争取物质财富，整天除了挣钱就是吃喝玩乐，或者说挣钱仅仅是为了吃好喝好穿好，这样的人生，是不是依然缺少了点什么呢？

自古以来，人类缺乏的从来不是高官厚禄、金银财富。

总之，人生不是为了吃喝玩乐而来的。

这篇序文，原本是为第三部诗词精选集《天涯写意》写的，现用作第四部诗词精选集《物语人生》的序言。《物语人生》主要收录本人在 2023 年 5 月至 2024 年 5 月之间创作的诗词，还有部分这之前创作但是没有被收录的诗词，共计诗 400 余首、词 170 余阙。

2023 年 8 月于北京

目录

一

诗

贺刘耕赵岩新婚

礼极奢华情志坚，也曾纨绔度童年。

幡然束发寒窗苦，折桂怀香两梦圆。

（2022 年 9 月 3 日）

人生百味

天晴心不爽，酒浊气还香。

百味相交错，煎熬最断肠。

（2023 年 5 月 1 日）

劳动节反思

浪迹天涯意欲何？兼程风雨亦高歌。

豪情万丈烟云逝，老泪纵横纹似波。

（2023 年 5 月 1 日）

游黄鹤楼组诗（十二首）

川流不息

楼上赏江涛，龟蛇束细腰。

川流车马疾，不怕路途遥。

黄鹤楼忆李白

诗仙挚友多，别泪满江河。

聚散花开落，往来人咏歌。

求功成幻影，励志没清波。

三月扬州路，烟云四面梭。

黄鹤楼览胜

黄鹤临江渚，晴川觅汉心。

能明锺子意，唯有伯牙琴。

古迹烟波隐，闲人草树阴。

高山流水逝，胜境不堪今。

龟蛇之恋

日夜对江斟，千年未变心。

飞丝成玉带，携手抚瑶琴。

歌舞双腰细，飘摇一水涔。

楼台高万丈，灯火照知音。

感古叹今

人登黄鹤楼，抒尽古今愁。

妙语惊天地，豪情醉鹭鸥。

毫挥风雨起，墨泼海江流。

各展青云志，功名后世羞。

守候繁华

一桥飞架鹤搬家，伫立蛇山目不斜。

唯恐繁华随水逝，衔来日月照江花。

户部巷美食街

拥挤人群多食客，满街小吃竞纤腰。

欲求烟火斯文尽，胜境浮游百味飘。

圣境新光

登高望远赋文章，多少柔情惹断肠。

延续人间烟火气，重修胜景竞春光。

寻愁觅恨

千古奇文一纸收，风骚道尽各含愁。

何人识得其中味？冒险登临不肯休。

走马观花

游人节假觅风流，接踵登临天下楼。

不识文心高处立，唉声叹气急回头。

天涯孤旅

四海云游步履匆，登高望远意无穷。

天涯日落孤烟起，不见知音自举盅。

低调的繁华

江水昏黄江草青，污泥不染寸心明。

根生莲藕多枝节，智慧中藏貌不惊。

（2023 年 5 月 1 日）

回乡偶得（四首）

一

多少人情纸一张，无须风雨即凄凉。

破窗尚可勤修补，唯有心伤不上墙。

二

家乡夜雨冷人心，不让休眠声似砧。

本是飘零萍水客，今成倦鸟宿生林。

三

一日家乡住，精神变少年。

饥餐山里果，渴饮壑中泉。

鸟语幽丛觅，花香翠影延。

临窗飞细雨，滴滴润心田。

四

群山青似玉，满眼尽清辉。

悦目非花色，云稀草木肥。

（2023 年 5 月 2 日）

游岳阳楼诗（十五首）

风雨知人意

欲来风雨止高楼，助力游人夙愿酬。

千万渔舟飞箭发，群英际会写春秋。

无愁无诗

忠臣自古忧家国，妙手文章多写愁。

若遇人生成伟业，洞庭湖上荡轻舟。

满地神仙

对面湖开背面山，身前身后一高天。
千船进发风烟起，树树飘摇树树仙。

多变洞庭湖

岳阳楼上小窗开，一览潇湘纷至来。
际会风云多变化，阴晴不定让人猜。

旧愁今消

千里洞庭双目收，岳阳楼上尽消愁。
烟波浩渺通今古，盛世高歌旧志酬。

文里江湖

湖边小阁势吞江，锦绣文章阁里藏。
字字珠玑含玉意，心怀天下续辉煌。

湖里沙洲

放眼洞庭心意稠，滔滔江水自箜篌。
沙洲一片谁挥就，恰似鹅毛玉海游。

景象万千

四水三湘汇洞庭，岳阳楼上看分明。

胸怀壮阔波千里，变幻风云万象生。

舟船似箭

小楼欲把大湖吞，但见君山紧锁门。

似箭舟船云里发，眼花缭乱彻晨昏。

人不如水

三湘润泽洞庭宽，一眼难收江水欢。

自愧今生天地窄，岳阳楼上泪阑珊。

借景抒情

文章自古各含愁，不可嫌人语不周。

壮志难酬生困顿，抒情借景上名楼。

润泽天下

橘子洲头水，铿锵向北流。

沿途多润泽，不取一分酬。

名人效应

小乔魂也愁，多处把坟修。

因作将军妇，身名天下求。

洞庭览胜

千里洞庭波，岳阳楼上歌。

诗文承雨露，宠辱醒山河。

一片沙洲白，三湘吉水多。

黄昏天籁起，鸥鹭伴仙娥。

楼小心大

娇小岳阳楼，能怀天下忧。

烟波飞万里，诗意寄孤舟。

岛上音幽起，窗前志未休。

洞庭心壮阔，今古竞风流。

（2023 年 5 月 4 日）

游橘子洲和岳麓山诗（十五首）

游兴正浓

天阴光却烈，暗照黑人头。
若再逢风雨，心安意不休。

永佑中华

伟人洲上立，指点是江山。
功业千秋树，精神万代传。

无香别开花

花开气不香，色艳又何妨。
人近心伤透，头回脚最忙。

忠心报国

岳麓瞰湘江，洲头学子忙。
誓言承大志，为国远家乡。

神奇岳麓山

无花香四散，草树各成精。

雨下魂先至，光来意后明。

仙踪双足觅，志气一心清。

绿叶何曾落，千年未了情。

深林飞泉

岳麓山奇景色幽，林深树大好消愁。

清泉汩汩风吹出，但觉飞丝凉爽柔。

大成殿门户洞开有感

大开门户广招徒，天下穷人始识书。

进化文明功不没，尊前跪拜亦心虚。

铮铮誓言

橘子洲头岁月悠，湘江两岸管弦愁。

平生欲把河山异，独立寒秋誓不休。

终成伟业

橘子洲头志国家，神州大地放春花。
湘江北去新潮涌，功业千秋举世夸。

难觅佳境

欲寻佳境览全洲，小孔幽林不让求。
烟雾纷飞添异色，恨无光照解心忧。

天阴助兴

天阴助我爽身心，不晒人来不怕淋。
伞帽无须头上戴，天涯美景醉还寻。

抚今追昔

两岸升平歌舞声，洲头回响与潮争。
风云激荡心忧国，早把毕生精力倾。

占江建道

洲身太小羡江宽，世道人心真未完。
欲壑难填须有尽，方能恒久享天安。

爱鸟窝

橘子洲头爱鸟人，垒窝树上假还真。

若非细辨难分出，唯愿生灵紧作邻。

岳麓书院屈子祠遇雨

天留我歇屈原祠，雨透幽林即是诗。

泪洒潇湘今古泣，魂归故里鬼神知。

《离骚》赋就宜清唱，世事分明怕浊持。

桥小溪微人不弃，如云会聚敬高枝。

（2023 年 5 月 5 日）

游滕王阁组诗（九首）

游人稀少

江上游船少，楼前看客稀。

风烟云雾里，冷雨入心扉。

燕雀居高

高楼栖燕雀，欲让万人迷。
本少凌云志，哆嗦日夜凄。

心有余悸

登楼惊恐怕文章，绝世才华阁里藏。
写尽风流天下事，千秋精彩永光芒。

鸥鹭不知愁

湖心洲岛看凄凉，两岸繁华逝水伤。
鸥鹭不知天有意，迎风展翅自翱翔。

江嫉楼高

一楼高耸觉天低，江水不堪台下溪。
倒影其中邀对舞，游龙戏凤引鸡啼。

烟雨滕王阁

楼台烟雨贯春秋，天下兴亡似水流。
鸥鹭追云身影疾，沙洲绿草岁时周。
青黄本是轮回至，高矮原须变换酬。
且作游人寻寂寞，酸甜苦辣上心头。

美景少人游

喧嚣尽去萧条至，满座游园余一人。

四面来风云雨伴，八方送冷古今邻。

清凉偶盼流光照，热闹常忧逝水贫。

虽有闲心多感慨，轻松漫步免生嗔。

盛世滕王阁

高台建阁临无地，绝世风光似险峰。

楼榭飞云承玉露，栏杆入水化蛟龙。

烟波浩渺天涯满，灯火辉煌夜半浓。

千古文章歌盛事，一行鸥鹭醒晨钟。

游三大名楼并岳麓山风景区小结

三大名楼已作游，风骚领尽屡回眸。

滕王阁里才华溢，湘水江边今古愁。

黄鹤高飞频展翅，麓山俯瞰久低头。

人间好事翻修再，各把惊天锦绣求。

（2023 年 5 月 6 日）

途中感怀（六首）

平原颂歌

平原沃野是粮仓，自古农民耕种忙。
春夏青葱心染绿，秋冬馥郁汗浇香。
纵横阡陌闻鸡犬，缥缈楼台歇凤凰。
乐业安居丰四季，中华大地竞辉煌。

山青天蓝

江南水土育青葱，农舍清幽隐玉丛。
雾绕云飞千里白，炎天不怕日当空。

立夏过江南

已历菜花黄，将迎稻谷香。
江南风物好，四季育芬芳。

布谷催耕

阴雨连天立夏凉，江南大地竞风光。
催耕布谷嫌牛少，争上高枝亮嗓忙。

黏人的猫

本性黏人怎奈何，身边假寐不能挪。
今生软弱常怜悯，诸事难成心却多。

喜鹊无言

喜鹊栏沿久发呆，低头不语讯何来。
天涯若有知音至，好赖随风把脚抬。

（2023 年 5 月 7 日）

送张文东援疆

仁医大爱献边疆，一别多年不敢忘。
且把饯行杯酒欠，归来畅饮贺辉煌。

（2023 年 5 月 10 日）

诗

欢迎蒋奕回家【注】

贺州成大业，矢志育英才。

心血全倾注，忘家把路猜。

注：家，此处指大学同学群。

（2023 年 5 月 11 日）

蒸雪糕【注】

晶晶糯米团，冰冻透心寒。

热气蒸腾后，身形俱化完。

注：误把雪糕当作糯米团给蒸了。

（2023 年 5 月 11 日）

可怜的小猫（二首）

一

小猫孤独惹人怜，久立楼窗羡世欢。

缭乱风光无昼夜，终身寂寞倚栏杆。

二

有窝不睡纸箱眠，双眼迷离真可怜。

夜半声凄添寂寞，心生恻隐怎安然？

（2023 年 5 月 13 日）

燕房郊野公园

人间添美景，郊野建公园。

白水常滋润，青云时涌翻。

神奇三石佛，幽静一河轩。

四季身心醉，忘归远躁烦。

（2023 年 5 月 14 日）

题燕房郊野公园

郊野公园久慕名，躬身体验觉温馨。

虎云亭下群山矮，白水寺中三佛灵。

清澈溪流滋古树，蜿蜒步道绕芳汀。

妖娆四季皆佳境，万物交辉入画屏。

（2023 年 5 月 16 日）

题四方中药百草园

百草荒原植，争开各色花。

香飞含药味，气畅养伤疤。

鸟乐良材树，人怜硕果丫。

奈何天下广，岂可自芳华。

（2023 年 5 月 17 日）

带刺的玫瑰

护身储水露锋芒，叶绿花香不敢伤。

万朵千枝存爱恋，五颜六色竞天光。

冬春小憩芳心在，秋夏群开妙影忙。

未识知音成憾事，人生愚钝枉痴狂。

（2023 年 5 月 18 日）

睡　　莲

本性纯真带露开，休眠午后惹人猜。

浮生绿叶无寒暑，守候花团出水来。

（2023 年 5 月 19 日）

逆境怎生存

水竭山穷沙石堆，坚强万物把眉低。

春迟夏热秋无实，凛冽寒冬风雪迷。

（2023 年 5 月 21 日）

雾里悟理

雾里群山萌态生，身边杂树玉妆成。

幽禽婉转随风唱，细雨缠绵化露晶。

但听清溪敲脆石，未闻俚语苦凡情。

空蒙万物入心静，忘却人间输与赢。

（2023 年 5 月 23 日）

天人合一

天上飞云疾，人间浮影匆。

身心千万里，来去驾长风。

（2023 年 5 月 24 日）

三夏即景

三夏农家里外忙，插秧割麦换青黄。

披星戴月鸡鸣早，翻地犁田日照长。

累及耕牛腰腿软，归来劳力汗珠狂。

冬春孕育方丰实，更待金秋粮满仓。

（2023 年 5 月 27 日）

阴雨天游郊野公园

阴雨闲游郊野园，扶栏打伞上峰巅。

虎云亭矮观残景，烟树枝斜遮半天。

龙脊环山成栈道，溪流沿壑贯灵川。

兴隆寺里兴亡事，石柱跟前把马拴。

（2023 年 5 月 28 日）

拴马石前感怀

幽云十六州，岂可绝箜篌。

热血疆场洒，孤身胡虏囚。

忠心图报国，矢志不忘仇。

四海团圆日，缰拴石柱头。

（2023 年 5 月 29 日）

盛夏时光

盛夏少花多玉妆，烟飞雾绕笼清凉。

江河溢翠山原绿，天地流光草木香。

稻菽千重翻碧浪，云霞万朵染霓裳。

牛羊闲散溪头卧，鸟雀欢歌身影忙。

（2023 年 5 月 30 日）

好　　猫

蚊蝇四处飞，烦腻锁愁眉。

但见猫腾起，抓来对我窥。

（2023 年 5 月 31 日）

早睡晚起

半月孤悬人少欢，凄清入梦觉心寒。

今生已作黄昏逝，报晓鸡鸣不上鞍。

（2023 年 5 月 31 日）

夏日天黑晚

虽至黄昏天不惊，西山日色更光明。

人闲醉酒无心睡，独自高歌唤月生。

（2023 年 5 月 31 日）

久病难熬

夜半咳声惊梦醒，窗前明月照霜白。

鸡鸣尚早枕寒烟，复点昏灯温冷席。

（2023 年 6 月 2 日）

梦入仙境

美景不多诗意穷，夜来幽梦遇仙翁。

花香鸟语清溪畔，背倚青松沐野风。

（2023 年 6 月 3 日）

可怜的鱼

污水养鱼人不食，犹拿饵料逗开心。

怀愁体貌谁能识，洁净家园何处寻？

（2023 年 6 月 4 日）

看观鸟人

长焦远距看分明，候鸟游人两动情。

百怪千奇随处有，神闲气定不心惊。

（2023 年 6 月 4 日）

再游双清别墅

亭中一梦得双泉，始有游鱼戏睡莲。

御笔题诗余韵在，沧桑历尽谱新篇。

（2023 年 6 月 5 日）

心怀家国

瑞气满中华，纷开幸福花。

平生酬壮志，日暮泛红霞。

不怕须眉白，从来道路斜。

举杯怀岁月，携手话桑麻。

游子飘零地，终归是一家。

（2023 年 6 月 6 日）

锋芒初露

十年磨砺隐锋芒，今日新开万道光。

自此龙门腾跃进，人生天地铸辉煌。

（2023 年 6 月 7 日）

天爱英才

阵雨送清凉，天恩沐考场。

英才争辈出，文采竞春光。

（2023 年 6 月 8 日）

诗

高考开启人生新篇

尽历寒窗苦，方怀宝剑光。

才华惊四座，气势贯全场。

矢志于家国，初心向庙堂。

人生今日始，妙手绘雄章。

（2023 年 6 月 9 日）

登　　科

明经辨理古今通，凿壁偷光耳眼聪。

驰骋科场飞捷报，人生自此尽春风。

（2023 年 6 月 10 日）

飞翔五律（二首）

一

高飞需翅力，万里不心虚。

平日功夫尽，今朝本事余。

天涯归咫尺，海角变乡闾。

一路风云换，身闲气亦舒。

二

本有高飞翅，偏于地上爬。

尘蒙双眼黑，棘害一身疤。

尝尽人间苦，凋完梦里花。

欲归时已晚，浊泪耳边斜。

（2023 年 6 月 10 日）

云居寺山门不倒

山门不倒必重修，古刹神奇自有由。

盛世佛光争普照，中华文化独千秋。

（2023 年 6 月 12 日）

云居寺石经

石刻经书巧用功，禅心接力德无穷。

云居宝物惊天下，宫洞深藏西到东。

（2023 年 6 月 13 日）

和谐共生

天地均辽阔，诸生各有安。

灭灯双眼黑，挡路寸心寒。

诋毁丢仁义，包容益胆肝。

和谐荣万物，何必起争端。

（2023 年 6 月 14 日）

云居寺柏抱椿

翠柏抱香椿，痴情化树人。

根连枝叶结，魂续影身邻。

逝后承欢笑，生前历苦辛。

闻言常伫立，泪落屡沾巾。

（2023 年 6 月 15 日）

游山寺有感

寺借名山添瑞气，人逢喜事带春风。

佛心普度随缘合，万物交辉善始终。

（2023 年 6 月 16 日）

云居寺古杏树

古杏园中修善果，今人树下忆浮生。
春花夏实烟云逝，雨雪飘摇苦抗争。

（2023 年 6 月 17 日）

森林剧场

天籁深林隐，阳光洒碎金。
千枝成画影，百鸟化琴音。
幽座依山势，凉棚借树荫。
凝神微闭目，入耳润身心。

（2023 年 6 月 19 日）

夏日森林乡居夜景

星灯辉映夜，鸟雀借风鸣。
碎影林间照，闲云心底生。
炎天稍去暑，晚景最怡情。
举酒邀人对，知音入梦萦。

（2023 年 6 月 20 日）

蜜　蜂

酿蜜润心田，艰辛历万千。

常年风雨里，奉献永争先。

（2023 年 6 月 21 日）

京西鱼斗泉村

群山汇聚作雄关，喷涌京西第一泉。

润泽八方茶马客，千年赓续谱新篇。

（2023 年 6 月 22 日）

蒲洼观云海

人间堪一绝，惊艳雾成云。

缭绕千山隐，纵横万壑熏。

亭台棱角斗，岛屿片舟群。

浩荡翻江海，晨曦雨后勤。

（2023 年 6 月 23 日）

蒲洼夏夜赏星光

高山夏夜凉，放眼赏星光。

璀璨蓝天亮，飘摇花草香。

游人歌伴舞，胜地月敷霜。

陶醉随心卧，蒲洼小木房。

（2023 年 6 月 24 日）

感恩遇见

蒲洼山上药材多，似遇知音喜欲歌。

年少艰辛帮度日，恩情永记在心窝。

（2023 年 6 月 25 日）

高山好纳凉

深山六月杏还青，曲径清凉不怕晴。

偶见新花星亮眼，幽香四面借风生。

（2023 年 6 月 26 日）

心比山高

山高云雾绕，变幻雨阴晴。

恰似人心意，悲欢借景生。

（2023 年 6 月 29 日）

夏日畅想曲

长空烈焰侵，炙热烤人心。

盼雨浇蔫柳，期云笼倦林。

凉风盈广厦，晓露润幽禽。

静夜怀星月，馨香入梦沉。

（2023 年 6 月 30 日）

振兴乡村

乡村大业靠诸君，涉水翻山双腿勤。

万苦千辛拦不住，兴农富国建功勋。

（2023 年 7 月 1 日）

叶的奉献

一世无声作嫁衣，人间少识觉卑微。

花香色艳纷争宠，犹把枯黄败叶讥。

（2023 年 7 月 1 日）

别巩海刚

直上是云端，居高莫畏寒。

心怀天地阔，济世保平安。

（2023 年 7 月 1 日）

盛夏燕山公园荷花池

碧水青荷红粉花，风姿绰约影纷斜。

清溪响彻幽林暗，缕缕清凉惹鹊夸。

（2023 年 7 月 2 日）

畅享盛世

衣丰食足享悠闲，业乐居安别苦艰。

盛世韶光争普照，心随日月度关山。

（2023 年 7 月 3 日）

喝

夏日天阴藏隐情，烦心烂事果频生。

诸多不快无须压，烈酒千杯和泪倾。

（2023 年 7 月 3 日）

回头是岸

撞到南墙始掉头，方将世事细筹谋。

曾经任性机缘失，不可痴迷再误舟。

（2023 年 7 月 4 日）

自写人生

人生撒捺已书成，大小高低随性情。

一路风尘终有尽，是非曲直自分明。

（2023 年 7 月 5 日）

二七精神

铁路工人勇向前，精神引领志弥坚。

高潮二七民心唤，觉醒中华梦必圆。

（2023 年 7 月 6 日）

表里人生

精神强大自光芒，魅力歌声彻四方。

闪亮人生多不易，辉煌背后满身伤。

（2023 年 7 月 6 日）

七七感怀

卢沟晓月照残垣，国耻铭心似剑悬。

日夜床头尝苦胆，东风喷射绝狼烟。

（2023 年 7 月 7 日）

变幻的云

闲云百态借风光，醉卧蓝天玉作床。

喜极纷飞花万朵，忧时郁结一身伤。

（2023 年 7 月 8 日）

持续高温

夏日江山热浪翻，风烟浓烈遇星燃。

天涯草树精神懒，丧气垂头各发蔫。

（2023 年 7 月 9 日）

人生百病皆因愁

送人看病己心忧，把脉开方药一兜。

症状起因多有似，天涯浪迹岂无愁。

（2023 年 7 月 10 日）

夏日闷热遇雷阵雨

天似蒸笼盖，黏糊不透风。

惊雷开一线，阵雨满千弓。

送爽人心动，浇凉花瓣蓬。

泥香双脚浅，热闷数烟穷。

（2023 年 7 月 11 日）

自作自受

蜈蚣心若善，不会乱伤人。

旧恶生惊恐，终招一命沦。

（2023 年 7 月 11 日）

头伏遇雨五绝（四首）

热怕天晴

夏至已三庚，黄昏听雨声。

清凉头伏夜，不愿让天晴。

苦尽甘来

头伏雨浇凉，闲人日夜忙。

耕耘休怕热，方可育芬芳。

雨打头伏

雨压伏低头，清凉立解愁。

炎天虽日久，不敌一时秋。

夏日本色

头伏未抬头，连天雨锁楼。

清凉非本色，炙热让人愁。

（2023 年 7 月 13 日）

贺秦伟三十九岁生日

人生岁月九无休，不惑开头势更优。

而立奠基皆顺事，前程再上尽高楼。

（2023 年 7 月 14 日）

珍惜再见

人生挚友恋寒窗，浪迹天涯屡感伤。

若去他乡须有问，今宵何处续疯狂。

（2023 年 7 月 18 日）

小人如蚊蝇

天涯处处有蚊蝇，见肉闻香必紧叮。

逐利追名心眼黑，伤人吸血一身腥。

（2023 年 7 月 20 日）

贺段宏宝金榜题名

初心矢志不曾丢，历尽艰辛今始酬。

江海星辰云际会，人生事业掌中求。

厉兵秣马功夫细，克险攻坚本领周。

慧颖天资勤助力，乘风直上小王侯。

（2023 年 7 月 21 日）

"7·21"即景七绝（三首）

一

年年今日雨倾盆，地暗天昏不认人。

防汛周身虽湿透，安宁社稷亦精神。

二

天仙一怒玉盆倾，水泼人间路不明。

浑浊成溪流粉腻，残香化雾误前程。

三

暴雨无休日夜倾，万千瀑布倚檐生。

珍珠打落敲窗急，惊醒贪欢梦里情。

（2023 年 7 月 23 日）

人造瀑布

造景本无争，偏招乱象生。

沿边堆朽木，顺水满枯茎。

恶臭污清晓，腥风坏美名。

真心良善举，管理更宜精。

（2023 年 7 月 24 日）

人生晴日多

风霜雨雪亦高歌，细数长空晴日多。

偶遇淫威心不乱，烟云转瞬没天河。

（2023 年 7 月 25 日）

鸟惊美梦

雨后清凉夜梦多，连声呓语似欢歌。

身心爽朗谁惊醒？破晓幽林鸟出窝。

（2023 年 7 月 25 日）

贺普世济仁大药店开业

人生事业启新篇，普世济仁争向前。

不管金银多与少，安康百姓送甘泉。

（2023 年 7 月 26 日）

珍 珠 露

露化珍珠拥绿眠，朦胧一地色光鲜。

风吹日晒身心隐，入夜还魂月下悬。

（2023 年 7 月 26 日）

卢 沟 桥

康乾盛世屡修桥，御笔奇文石上雕。

晓月悬浮明镜照，斜阳落没淡烟飘。

春生碧草飞丝带，夏展青莲作玉瓢。

七七枪声惊梦醒，京畿八景尽萧条。

（2023 年 7 月 27 日）

寻 山 集

一池碧水映霓裳，粉面红唇溢暗香。

集市摊前人影厚，诗书架下笔头忙。

寻山意欲弘文化，索句心痴盼月光。

夏日浓荫撑作伞，随风绿叶送清凉。

（2023 年 7 月 28 日）

宛　平　城

局制城虽小，声名达八方。

初成因李氏，后继有清皇。

扼守西南道，连通东北廊。

碧波浮晓月，映照一高墙。

（2023 年 7 月 30 日）

勤政安民

灾害莫猖狂，奈何人智商。

依规精预报，按序早奔忙。

道义双肩负，精神一体光。

操持争昼夜，坚守沥肝肠。

洪水如期至，危情应景亡。

民生无小事，勤政保安康。

（2023 年 8 月 1 日）

洪水催生廉洁诗（二首）

一

天然雨水本纯清，因遇泥尘始浊成。
万险不辞争赴海，深沉博大可匡名。

二

前雨驱污后始清，天人接力定功成。
红尘万物若无染，岂有泥沙玷姓名。

（2023 年 8 月 2 日）

鱼儿快跑

污泥浊水久沉沦，快借洪流速脱身。
游入江河冲向海，余生尚可沐芳辰。

（2023 年 8 月 2 日）

永 定 河

哺育京城功最多，逶迤五地志成河。

滩荒水绝容颜换，愿把丹心化碧波。

（2023 年 8 月 3 日）

反思涿州水患

数河困扰不思忧，整日清闲事少谋。

终遇天灾成水患，方知人祸至民愁。

前车无鉴真堪惜，后世有忘诚可羞。

防范安全非一处，岂能顾尾却丢头。

（2023 年 8 月 4 日）

借酒度寒秋

年轻不顾老来忧，百病缠身日日愁。

戒尽千般诸味失，临终借酒度寒秋。

（2023 年 8 月 9 日）

生活原本简单

人生至简意求贤，大道纵横走半边。

海阔天高安一榻，茶粗饭淡亦欣然。

（2023 年 8 月 13 日）

闻同窗聚会话诗词

同窗久别复相逢，忆旧诗词借酒浓。

千里传书期努力，桑麻后话倍从容。

（2023 年 8 月 13 日）

借蝉说事（二首）

一

红尘里外彻蝉声，似诉千般悲喜情。

境遇高低心智异，无须细听即分明。

二

寒蝉恋夏始悲鸣，恐入深秋事不成。

千万痴情风叶落，天涯久别渺无声。

（2023 年 8 月 13 日）

寻一处静谧

世事纷繁不得闲，纵横错杂扰心安。

人生欲想觅清净，赋赏诗文天地宽。

（2023 年 8 月 14 日）

坦然面对

静卧多天痛未消，时光飞逝剩无聊。

红尘再好不依恋，早化烟云上九霄。

（2023 年 8 月 15 日）

病卧难熬

风停方觉热，蝉噪再添烦。

病卧非休息，煎熬实不冤。

（2023 年 8 月 15 日）

梦度险境

危情险度梦怀忧，昭示人生无限愁。

满眼繁华谁享受，青山不语草低头。

（2023 年 8 月 15 日）

境　界　猫

不再闻声即动心，惊雷无惧懒追寻。

悠然顾自贪酣睡，哪管天翻地陷沉。

（2023 年 8 月 17 日）

业精于勤

中缝刊文少问津，皆因拙作不惊人。

精修内敛心无骛，独步天涯始绝伦。

（2023 年 8 月 17 日）

蝉蛙争鸣

水陆蛙蝉各自生，偏于春夏互争鸣。

呼朋引伴无高下，雨打雷惊始失衡。

（2023 年 8 月 20 日）

初秋即景七绝（二首）

嫩叶秋愿

逢秋嫩叶盼春光，不愿初生即变黄。

朝露若能持久润，风霜自会少忧伤。

生命倔强

明知岁月已临秋，何必痴心向晚求。

生命迎春虽灿烂，寒霜染尽亦风流。

（2023 年 8 月 20 日）

麻城孝善楼写意七律（二首）

一

孝善楼前钟鼓鸣，晨昏激励德才生。

悬梁刺股研修就，朝土背天耕作成。

田舍炊烟君子意，庙堂人语庶民声。

层峦毓秀甘泉涌，远近缠绵千古情。

二

修楼建塔表功勋，孝善传承心意欣。

立德树人图壮志，含辛茹苦著雄文。

英才辈出诗书就，伟业层堆田舍芬。

雄伟龟峰衔旭日，逶迤举水育祥云。

（2023 年 8 月 22 日）

处暑展望

诗词即景亦因时，物候相宜理不亏。

处暑清凉随雨落，孟秋炎热借风衰。

雷惊梦醒人身冷，日晒云开稻粒滋。

草叶含伤今又逝，一年节气至冬辞。

（2023 年 8 月 27 日）

梧 桐 赞

已至清秋叶不衰，浓荫碧绿似春时。

一身伟岸高天接，满眼英姿骚客持。

浅唱风铃声细脆，低垂晓露意深痴。

金陵织就相思带，宫献佳人化玉璂。

（2023 年 9 月 1 日）

长　城

万里群山一线连，坚强守候越千年。

戍边卫国驱诸寇，布德宣仁育众贤。

勇毅登临成好汉，光辉照耀散狼烟。

声名显赫垂青史，鼓角争鸣报凯旋。

（2023 年 9 月 2 日）

勿忘历史

九三胜利辟新途，古老神州势不孤。

隐痛伤痕常警醒，强兵富国祸方无。

（2023 年 9 月 2 日）

铁骨柔肠

沙场征战汗衣裳，立业建功无感伤。

自古柔情皆似水，尽将铁骨化愁肠。

（2023 年 9 月 10 日）

永不言弃

一夜清凉雨，满天闲散云。

秋风心已冷，晓日色初昕。

爽朗江山净，从容腿脚勤。

新枝争绽发，垂暮苦耕耘。

（2023 年 9 月 11 日）

梅州红柚

新上梅州柚，声名四海彰。

肉多皮且薄，汁满味尤香。

瓣瓣红唇色，丝丝白玉光。

人心谁不动，抢购未彷徨。

（2023 年 9 月 13 日）

错过春天

去岁冬衣未去尘，今秋冷雨已寒身。

时光顾自匆流逝，短暂人生错过春。

（2023 年 9 月 15 日）

海天之间

天海本无缘，偏由一线连。

悬浮皆日月，遮挡尽云烟。

悲喜阴晴换，风波早晚翻。

闲来登碣石，极目少能全。

（2023 年 9 月 16 日）

不合口味

土菜精烹箸不端，心怡外卖似新欢。

天天变换无穷尽，冷落人生如剩餐。

（2023 年 9 月 16 日）

神农架回眸

曾于屋脊觅风流，圣境难消今古愁。

板壁崖前心意冷，神农顶上梦魂幽。

香溪永续英才恨，炎帝常怀绝世仇。

既作游人勤走马，勿须借酒解烦忧。

（2023 年 9 月 18 日）

清茶映月

白昼阴沉晚始晴，浮光耀眼不心惊。

秋风落叶初寒夜，一盏清茶映月明。

（2023 年 9 月 22 日）

丰收节逢亚运会开幕

秋分逢亚运，物谊两丰收。

西子新装艳，苏公旧梦幽。

欢歌酬远客，逸兴荡轻舟。

灿烂繁华夜，月圆人不愁。

（2023 年 9 月 23 日）

欲言又止

佳节怀心事，真情句里藏。

天涯惊讶问，不敢诉愁肠。

（2023 年 9 月 26 日）

迷恋大自然

生性多情爱远游，天涯美景可消愁。

深山鸟语宜常听，勿使清泉寂寞流。

（2023 年 9 月 27 日）

中秋小聚

邀朋小聚度中秋，互笑人生已白头。

壮志豪情杯酒尽，翻开往事各含羞。

（2023 年 9 月 28 日）

中秋日月好

中秋日照色金黄，飒爽风含五谷香。

满月天涯悬众愿，清辉入酒醉成霜。

（2023 年 9 月 29 日）

诗

今生有幸

盛世中秋月最圆，天涯海角各平安。

奔波创业虽辛苦，胜过频遭战火残。

（2023 年 9 月 30 日）

聚少离多

月圆十五众人夸，二八清辉寂寞斜。

无奈奔波欢聚短，天涯浪迹少回家。

（2023 年 10 月 1 日）

豆腐宴感怀

长假出行票难求，大好时光空自流。

品尽人生鸡肋味，今拿豆腐宴清秋。

（2023 年 10 月 2 日）

古 崖 居

绝壁悬崖巨石堆，成排洞窟古人开。

求生智慧惊天地，坚毅从来可克灾。

（2023 年 10 月 3 日）

饮水思源

物产丰饶百姓安，曾经贫瘠化云烟。

江山处处新颜换，使命初心磐石坚。

（2023 年 10 月 4 日）

假期延庆民俗村小住

双节赴农家，田园摘果瓜。

群山秋色染，五谷舌尖夸。

土灶生香气，陶瓶醉落霞。

欢歌明月伴，粉面笑桃花。

（2023 年 10 月 5 日）

诗

秋日登高遥寄

久未登山道不通，枯枝作拐力无穷。

钻林没草寻前路，越坎翻沟验旧功。

叶色青葱秋意淡，烟波浩渺水天融。

峰巅极目身心小，远近风光何日终。

（2023 年 10 月 6 日）

叹　　猫

一入家门未下楼，身心久锁始知愁。

长空雁阵春秋换，独坐窗前羡自由。

（2023 年 10 月 7 日）

余生是客

节假京郊忆旧游，金黄稻穗满田畴。

弯腰细察亲情涌，放眼痴寻往事浮。

历尽艰辛苗茁壮，不辞劳苦实丰稠。

峥嵘岁月随风逝，剩却余生作客愁。

（2023 年 10 月 8 日）

贺第十九届亚运会完美收官

兆始秋分寒露终，杭州亚运竞群雄。

纷呈精彩频超越，续写辉煌齐用功。

（2023 年 10 月 9 日）

日月常明

月到中秋身自圆，人间望眼彻长天。

烟云欲掩清辉色，结伴横行也枉然。

（2023 年 10 月 17 日）

重　　阳

每遇重阳瑞气生，千年演绎逐真情。

驱邪祈福菊成酒，敬老思乡爱入名。

携伴登高天地阔，倚栏望远海江清。

身心醉化霜红叶，飘落随缘从不争。

（2023 年 10 月 23 日）

今非昔比

眼欲彻长空，昏花未可终。

已非年少日，万事尽朦胧。

（2023 年 10 月 29 日）

秋　意

四季逢秋叶似花，无香亦惹众人夸。

江山万里斑斓色，晨染烟霜暮映霞。

（2023 年 10 月 31 日）

盛夏荷花

盛夏花开色更妍，连天碧玉粉心圆。

阴晴不碍蜻蜓舞，早晚亦招蝴蝶怜。

酷暑煎熬香尽溢，凉风吹拂瓣多翩。

休闲驻足长相望，似遇佳人化作仙。

（2023 年 10 月 31 日）

风云夏日写意

炎炎夏日懒云多，赖满长空不愿挪。

矗立高楼人影失，居家静听大风歌。

（2023 年 10 月 31 日）

菊香传情

千年古驿四时花，香伴移民溢万家。

孝悌传承恩泽厚，诗书浸润礼仪奢。

烟云世事情难散，草木人生路不斜。

醉看眼前秋菊艳，霜滋雪润蜡梅夸。

（2023 年 11 月 4 日）

生命顽强

残叶深秋不愿凋，偏逢冷雨透身浇。

西风阵阵寒冬至，依旧痴心守寂寥。

（2023 年 11 月 5 日）

诗

梦幻欺人

雨冷风寒一夜冬，轻裘紧裹梦方浓。

连篇幻境皆心事，醒后成空久动容。

（2023 年 11 月 6 日）

听　　风

起伏风涛似海潮，寒心醒梦困难消。

依稀但觉烟云厚，险岸危楼冷雨浇。

（2023 年 11 月 9 日）

欲见还难

春花雨谢夏荷残，秋叶风凋冬雪寒。

四季天涯人望断，唯闻雁语彻云端。

（2023 年 11 月 14 日）

善心济世

欺红败绿尽风霜，难阻凡尘四季芳。
寂寞荒凉秋菊艳，凄清凛冽蜡梅香。
迎春满眼梨桃嫩，立夏一池蜂蝶忙。
唯有人心存万物，严寒酷暑育辉煌。

（2023 年 11 月 15 日）

寒冬即景

天寒鸟冷秃林稀，人困光昏老眼迷。
不见山前飞白鹭，阴云暮色压天低。

（2023 年 11 月 15 日）

贺姜亦鸣刘苏万新婚

流苏万缕尽才华，似玉容颜谁不夸。
满目柔情羞弱柳，两弯新月照春花。
遨游学海心灵巧，指点江山意气奢。
立业京城成贵婿，亦鸣最爱是刘家。

（2023 年 11 月 18 日）

落叶归根

时时入梦是家园，碧水蓝天心意连。

愿与青山常做伴，残身化土可肥田。

（2023 年 11 月 21 日）

冬至感怀

雨冷风寒岁又冬，心疲力乏体成弓。

飘零白发枯黄叶，历尽沧桑也不红。

（2023 年 11 月 22 日）

个　　性

一屋烟尘熏欲昏，开窗顿觉气回魂。

宁于凛冽风中逝，不在氤氲室里存。

（2023 年 11 月 26 日）

莫　忘　本

不怕讥嘲形象酸，毛衣破后补全穿。
曾经历尽饥寒苦，岂可忘根愧对天。

（2023 年 11 月 27 日）

风狂月冷

一夜北风狂，天涯谁断肠。
鲛绡红泪湿，云鬓醉痕伤。
头枕鸳鸯冷，身披鸾凤凉。
清寒窗外月，破晓复彷徨。

（2023 年 11 月 29 日）

贺李光进寿

好事何曾晚，春风从不迟。
今朝添岁月，明日茂根枝。
里外儿孙满，天涯福寿随。
人生谁得意？光进莫推辞。

（2023 年 12 月 1 日）

人生多艰

夜夜三更未入眠，千头万绪绕心田。

愁成两鬓斑斑白，看似仙翁实不然。

（2023 年 12 月 1 日）

大漠飞骑

飞骑一骑起云烟，大漠留痕人未还。

长啸随风催泪下，孤魂何日返家园。

（2023 年 12 月 4 日）

冬　钓

冬日河沿草木稀，浓荫入水已成肥。

垂竿不见游鱼戏，欲钓长空数鸟归。

（2023 年 12 月 5 日）

围　城

夜夜梦南柯，层层似织梭。

精神常恍惚，欲断奈情何。

（2023 年 12 月 6 日）

借诗励志

天涯浪迹砺吾身，不做蓬蒿烂草人。

尔遇寒冬皆败化，唯存我辈与时新。

（2023 年 12 月 7 日）

醉人醉语

凛冽寒冬奈我何，心中烈火灭千疴。

平生本是凡人命，不怕沿途风雨多。

（2023 年 12 月 10 日）

初雪写意

大雪飘飞物素装，心中万念尽成伤。

发稀莫笑青松白，挺拔英姿一世刚。

（2023 年 12 月 11 日）

不敢懈怠

雪后天阴寒更寒，冰凉口鼻耳双残。

万千印迹惊人早，岂可贪图一日安。

（2023 年 12 月 12 日）

佳期有约

大雪不欺人，痴情践诺真。

相逢妆面白，独立玉枝新。

落地添诗意，飞天化蝶身。

开心寻足迹，速赴度良辰。

（2023 年 12 月 13 日）

南京大屠杀死难者国家公祭日

低垂天幕替谁伤，欲雪还阴心更凉。

遇害同胞魂永在，时时警醒御豺狼。

（2023 年 12 月 13 日）

暂解乡愁

一杯新酒入心田，香满厅堂人似仙。

为解思乡情意切，何妨寻醉以催眠。

（2023 年 12 月 14 日）

日不惊梦

雪后初晴白映红，西山幽梦卧花丛。

烟飞雾绕疑时早，未觉天涯日已穷。

（2023 年 12 月 15 日）

扫雪有感

雪大奈人何，从来不怕多。

筹谋无倦意，劳作有欢歌。

昼扫宵还聚，时移趣未挪。

层层堆倩影，熠熠泛寒波。

千万民生事，化身牛马驼。

（2023 年 12 月 15 日）

义务扫雪

大雪满燕山，通宵人未眠。

心忧邻里路，意省国家钱。

不怕鸡鸣早，却愁民事延。

躬身倾力扫，确保一方全。

（2023 年 12 月 15 日）

敬请期待

慰藉心灵偶作诗，天涯浪迹自驱驰。
山川草树芬芳事，静待余生写尽时。

（2023 年 12 月 16 日）

有苦难言

雾隐西山雪笼原，窗前眺望却无言。
青烟一缕含愁出，未上高天心里冤。

（2023 年 12 月 16 日）

好景难长

寒冬雪后妖，粉世作琼瑶。
树树花开白，团团形似雕。
无声求隐逸，有意远尘嚣。
屡遇人侵乱，心伤不愿瞧。

（2023 年 12 月 17 日）

发文遇知己

欲发头条事，欣闻娱乐酬。

签签皆合意，语语尽含谋。

诗出名家手，志除天下忧。

平生虽未遂，体己复何求。

（2023 年 12 月 18 日）

自求清净

四海俗人多，加群又奈何。

言言皆忤逆，语语尽啰唆。

懒与相争辩，聊凭自咏歌。

平生须得意，勠力远愚讹。

（2023 年 12 月 19 日）

贺麻城市通过中华诗词之乡复审

花城诗意浓，四季竞芳容。

今古名依旧，世人情独钟。

杜鹃骚客爱，兰菊醉翁恭。

欲把辉煌续，诸君协力宗。

（2023 年 12 月 20 日）

赠张建中

宠辱人生从不惊，春花秋月两无争。

功成身退飞双燕，万里长空共晚晴。

（2023 年 12 月 21 日）

冬　　至

未至雪先飞，天寒日色微。

节终新气续，岁始旧时归。

万物伤尤极，人间恐最威。

今朝虽昼短，长夜即成非。

（2023 年 12 月 23 日）

奇　观

一树梧桐六鸟窝，乌鸦蔽日凤凰挪。

铺天盖地欺人语，但见冬寒积雪多。

（2023 年 12 月 27 日）

健康第一

旧疾未消新病缠，残身度日至何年。

天涯尚有芬芳地，只恐今生无福前。

（2023 年 12 月 28 日）

无可奈何

天寒气冷尽成霜，似雪还疑新月光。

对镜犹嫌双鬓满，心伤日暮惜斜阳。

（2023 年 12 月 29 日）

恰到好处

一人独酌酒还香，习惯千年寂寞场。
手捧新书心自喜，何须喧闹惹忧伤。

（2023 年 12 月 29 日）

等闲视之

大雪纷飞不再痴，平生已远少年时。
风霜历尽无悲喜，静看雕栏玉砌枝。

（2023 年 12 月 30 日）

巡察诗（三首）

巡察写真

历时三月多，从未敢高歌。
力压双肩矮，心忧两眼疴。
兢兢皆敬业，肃肃尽消讹。
各自彰情义，精神不可磨。

赠四位组长【注】

桂子秋开香满楼，西风落叶不含愁。

寒冬一树梅惊雪，更喜春红艳九州。

注：四位组长有李桂清、王雪梅、邓更喜、张海红。

赠六位组员【注】

心贵似金银，天涯尽早晨。

才奇惊大地，玉立俏佳人。

蓓蕾花开遍，波涛水化均。

征衣霜结满，闪耀是精神。

注：六位组员有郭银、王晨、田奇、王立、向天蕾、隗永波。

（2023 年 12 月 30 日）

成　熟

无喜无悲心已凉，迎新去旧惯平常。

喧嚣锣鼓空添响，冷峻人生少断肠。

（2024 年 1 月 4 日）

贺樊俊六十二岁寿（外一首）

三泉汇聚色还清，晋水心怀山海情。

一意东流多润泽，芬芳大地放光明。

外一首

盛宴逢新祝寿忙，樊于晋地本优商。

心宽似海怀家国，功业千秋却不狂。

（2024 年 1 月 5 日）

冰雪盛宴

不负寒冬雪守时，精装大地作瑶池。

清辉映照天宫冷，日月偷光身影随。

（2024 年 1 月 5 日）

麻城五脑山写意

松叶微蓝竹叶青，人心醉色倚清亭。

山风扑面含甘露，鸟语穿林响脆铃。

凤岭朝云知待客，仙湖暮雨不欺萍。

时光环绕千秋后，五脑诸峰各有灵。

（2024 年 1 月 5 日）

今岁春来早

三九已消寒，坚冰化水欢。

东风心意切，醒梦问春安。

（2024 年 1 月 12 日）

冬日游永定河有感

处处浮冰尽裂痕，根基不厚怎容身。

风吹草动伤心碎，大海何曾劳此神。

（2024 年 1 月 12 日）

凑 热 闹

一天劳碌忍饥肠，展会新书发布忙。

畅想精神徒画饼，归来依旧梦黄粱。

（2024 年 1 月 13 日）

不知后世如何

展会人山书海游，欲淘精品苦双眸。

南来北往投机客，莫待流传始急求。

（2024 年 1 月 14 日）

回 归

沃野无人愿种粮，枯枝杂草尽成荒。

他乡浪迹灰尘色，布满方知故土香。

（2024 年 1 月 16 日）

农历腊月初七漓江游

水不寻常山亦奇，漓江自古引人痴。
游船昼夜贪花色，醉卧清波嬉彩漪。

（2024 年 1 月 17 日）

漓江象鼻山

象醉周身桂酒香，低头渴饮倍清凉。
漓江水位矮千尺，借道舟船湖里藏。

（2024 年 1 月 18 日）

新旧腊八节对比

一粥难求心意凄，年年腊八对天啼。
今朝米豆平常有，反转人生恋野藜。

（2024 年 1 月 18 日）

各自安好

寒潮阔步至江边，欲撒飞花却怕前。

回首山川千里白，凝眸雨雾半城烟。

围炉各煮飘香酒，放棹轮休逐梦肩。

不管风云多变幻，心中自有艳阳天。

（2024 年 1 月 19 日）

桂林漓江夜景

桂林夜景若星河，两岸漓江互对歌。

咫尺传情惊万里，五湖四海逐婆娑。

（2024 年 1 月 20 日）

诗

逍遥楼览胜

欲览诸峰俏，逍遥楼上穷。

穿山形似月，叠彩色含风。

象渴漓江浅，驼迷独秀葱。

伏波无昼夜，倒影各西东。

休向南虞觅，心潮不可终。

（2024 年 1 月 21 日）

桃　花　源

世有桃源实不奇，连年战乱把人欺。

逃灾四处寻佳境，祈福千家别苦时。

带露炊烟林际绕，含香草色眼前垂。

清溪似镜晨昏照，忘却红尘岁月移。

（2024 年 1 月 23 日）

焕然一新

冬日烟寒影亦凉，西山一柱掩枯黄。

晨光欲唤春花出，遍抹微红遮冷妆。

（2024 年 1 月 24 日）

人杰地灵

靖江王府势犹存，独秀风光育桂魂。

闪耀群星争及第，高悬匾额佑乾坤。

（2024 年 1 月 25 日）

遗　　憾

漓江倒影有名楼，世代逍遥今却愁。

四海游人稀墨客，何来妙语耀千秋。

（2024 年 1 月 26 日）

无　　意

域北尽飞花，江南风雨斜。

寒潮心不一，怎让众人夸？

（2024 年 1 月 27 日）

无　　缘

雪压江南树，枝弯绿叶斜。

携晴身已北，错失俏飞花。

（2024 年 1 月 27 日）

无　　力

心存浩气化阴寒，去处天晴日色妍。

雨雪偏寻身后落，欺人无力佑圆全。

（2024 年 1 月 27 日）

炼　狱

绿满江南北却无，寒冬数月色还枯。

轻烟薄雾含羞绕，冷冻芳心何日苏。

（2024 年 1 月 28 日）

寄语美丽乡村建设

广袤乡村举国期，攸关大局固根基。

河渠沟坎田园路，麦稻桑麻草树枝。

虽是民生非小事，却承地气待佳时。

雄才鼎定新方略，件件均须勠力持。

（2024 年 1 月 29 日）

读李白诗有感

蜀道艰难世路歧，诗仙四处觅天梯。

消愁醉酒呼风浪，未挂云帆日已西。

（2024 年 1 月 30 日）

一路平安

雨雪连天六九寒，河沿柳色冻冰残。

舟车困顿愁前路，似箭归心不可宽。

（2024 年 1 月 31 日）

骄　傲

神州自古富奇山，百态千姿各洞天。

梦里桃源今世在，陶公未遇实无缘。

（2024 年 2 月 1 日）

凤　尾　竹

秋冬拔节即成才，不畏严寒枝叶开。

绿染江山松柏伴，餐风饮露远尘埃。

（2024 年 2 月 4 日）

厚德载物

无石不成山，风侵雨雪残。

千年能矗立，德厚保平安。

（2024 年 2 月 5 日）

变　　异

鸬鹚不捕鱼，随主已忘初。

图利双飞逐，邀欢讨客舒。

（2024 年 2 月 7 日）

笑对人生

大雪封城不见愁，雕龙画虎笑难收。

万千困苦烟云散，豁达人生少白头。

（2024 年 2 月 7 日）

老有所乐

新年最爱是书房，不羡人家腊酒香。

练字修身图自乐，潜心学著好文章。

（2024 年 2 月 8 日）

原来如此

夜无害鼠未劳神，白昼安眠状可人。

乖巧家猫心所属，乞怜献媚好容身。

（2024 年 2 月 8 日）

短暂相聚

节日欢声渐次消，征途再踏不知遥。

春光无限谁家好？乡里花开寂寞凋。

（2024 年 2 月 12 日）

观《韩愈》有感（二首）

一

科举功名学子求，缘何及第却还愁。
赋闲度日多辜负，满腹经纶化水流。

二

上书自荐欲求官，毛遂还须智勇全。
不见今人曾仿效，时无伯乐世欺贤。

（2024 年 2 月 13 日）

养生不分老幼

屡遇头昏心发慌，虚高血压已成伤。
从前自认身强壮，至老方知不可狂。

（2024 年 2 月 20 日）

较　　量

春来真不易，屡遇冷寒侵。

冻雨成冰柱，飞花变玉林。

烟云含露上，日月带霜沉。

万物新生晚，色香无处寻。

（2024 年 2 月 21 日）

迷途知返

雪压青松已白头，欺人高洁自蒙羞。

随风润物身心换，叶绿花香不再愁。

（2024 年 2 月 21 日）

夜　　雪

夜雪透窗寒，光华醒梦残。

身心云雾里，怕月照孤鸾。

（2024 年 2 月 22 日）

厚重人生

万物存消有短长，人生厚薄在文章。

修身治学方恒久，免似云烟转瞬亡。

（2024 年 2 月 23 日）

闹　元　宵

春意元宵满，灯光月夜稠。

天街飞笑语，星海竞风流。

指点江山醉，流连歌舞悠。

花开时不远，蕊嫩气香柔。

（2024 年 2 月 24 日）

灭　火

灭火从来不用薪，真空隔绝意方真。

吹风送氧催其旺，何故居心害世人。

（2024 年 2 月 25 日）

冻雨坏农事

惊雷似鼓闹元宵，冻雨成冰阻路桥。
农事何堪时节乱，琼花玉树毁春苗。

（2024 年 2 月 25 日）

势不两立

登高望远盼春归，满眼萧条日色微。
荆棘伤身心意冷，寒冬自古嫉花肥。

（2024 年 2 月 26 日）

回归宁静有感

人生何处不围城，好恶趋嫌早有名。
宁使闲情居小屋，但求野客觅秋声。
红尘杂乱身心倦，玉宇疑游形影惊。
一出门关天地换，岂将望眼再回倾。

（2024 年 2 月 27 日）

春天的力量

春心不怕寒潮冻，雪压梅花气自香。

暗发新芽甘寂寞，荒凉底下育芬芳。

（2024 年 2 月 28 日）

学习不再排名

今朝逢幸事，学习不排名。

顿觉身心爽，堪惊日月清。

生人非玩物，化像亦关情。

莫逆潮流动，千秋功必成。

（2024 年 3 月 1 日）

逆势而为

无常风善变，恰似世人心。

欺软汹涛起，攀高朗月寻。

愁深阴不语，乐极笑还吟。

春夏秋冬事，宣威逆势侵。

（2024 年 3 月 3 日）

诗

有感于苏洵《木假山记》（二首）

一

木假山奇明允惊，三峰矗立预苏情。

行文励志精神显，历尽艰辛各有成。

二

人生极目在峰巅，矢志攀登方可前。

若得风光成绝好，高山座座小阶砖。

（2024 年 3 月 5 日）

有感于韩愈"大凡物不得其平则鸣"

物遇不平均自鸣，人间岂可致无声。

乌云再厚光还透，千古诗文心血成。

（2024 年 3 月 8 日）

家乡春早

冷露湿征衣，天涯草色稀。
花迟香亦少，故地尽芳菲。

（2024 年 3 月 9 日）

人贵自知

人微忧世事，不识己言轻。
枉自争非是，招来讥笑声。

（2024 年 3 月 10 日）

见猫自怜

人心太软受猫烦，反转方知己亦怜。
万卷情丝冰冻住，屡将风雨带愁眠。

（2024 年 3 月 11 日）

执　着

孤身天地立，冷气爽尘心。

不怕冰霜厚，频将春意寻。

（2024 年 3 月 13 日）

凤头鹛鹛

物有阴阳极，身心互对生。

天涯存眷恋，不见最伤情。

（2024 年 3 月 14 日）

春风惹门窗

春风昼夜愁花事，势似惊涛声恼人。

但听门窗生怪恨，何时方可歇心神？

（2024 年 3 月 17 日）

春日再遇狂风

今生时已暮，欲发尽秋声。

未了初心事，春风屡怒鸣。

（2024 年 3 月 18 日）

早春行踪

播报春天已到家，阶前屋后觅新花。

枯黄草色初添绿，杨柳随风舞嫩芽。

（2024 年 3 月 22 日）

回燕化附中交流

别做他家客，归来两鬓霜。

身心常忆旧，时势屡添香。

上下争倾力，峥嵘互放光。

微言聊以寄，提质续辉煌。

（2024 年 3 月 25 日）

寄语教育

从来教育贵培根，起步人生即铸魂。

最是园丁心志苦，满天桃李报春恩。

（2024 年 3 月 27 日）

春色解乡愁

报春飞柳绿，结伴有桃花。

香色荒林染，光芒遍野斜。

风吹云尽散，雨润草初芽。

漫步身心醉，天涯笑作家。

（2024 年 3 月 28 日）

加强校企交流与合作

校外花香未及闻，唯知昼夜育人勤。

拨开云雾心惊异，强国富民原是君。

（2024 年 3 月 29 日）

寄语步入成年誓师高考的青年学子

人生勤砥砺，十八始芳华。

意气随风发，精神与日加。

时时丰嫩翼，处处绽新花。

功业兼程树，声名举世夸。

（2024 年 3 月 30 日）

禾　雀　花

结对成双簇拥生，迎风雀跃秀痴情。

邀欢翘舌招人爱，矢志高天却不鸣。

（2024 年 4 月 1 日）

阴雨天赏春景

春天不怕阴，香色满丛林。

花笑新光溢，枝繁靓影沉。

沾襟承雨露，抒意借诗琴。

驻足邀人赏，忘怀独自寻。

（2024 年 4 月 2 日）

春风不解愁

春风欲抚征人泪，遍发新花未解愁。

不见天涯杨柳绿，相思似雾绕边楼。

（2024 年 4 月 2 日）

春秋联想

违背天恩乱发威，秋风落叶冷心扉。

春来未觉花枝俏，满眼昏黄无处归。

（2024 年 4 月 3 日）

清明雨夜闻山禽啼鸣

山禽风雨历，不怕岁时艰。

清晓鸣幽树，黄昏立险关。

深藏悲喜事，微露瘦肥颜。

入梦常哀叹，心声天地环。

（2024 年 4 月 7 日）

落花流水总关情

京华一梦醒时凉，落叶西风草色黄。

既识春情皆逝水，花开不赏免悲伤。

（2024 年 4 月 8 日）

梦境回眸

梦里吟诗颂国家，忠心可鉴有谁夸。

人生遗恨空流水，每遇春归叹落花。

（2024 年 4 月 9 日）

水净鱼欢

清水无欺最坦然，穷游自苦亦心坚。

池深底见一身洁，浊染江湖不愿前。

（2024 年 4 月 9 日）

集中完成清明诗稿后有感

改完诗稿最开心，灵感多元贵在寻。

去伪存真丰理义，字斟句酌尽成音。

（2024 年 4 月 10 日）

赞诗词导师褚宝增教授

文理双精堪大家，风骚独领世人夸。

平生德厚身垂范，勤勉浇开遍地花。

（2024 年 4 月 10 日）

答谢诗词导师褚宝增教授

跨界育才诗意浓，惊天文采树高峰。

三生有幸聆箴海，似海恩情报以恭。

（2024 年 4 月 10 日）

雨打落花风催老

落絮轻沾清晓露，残红淡发暮时香。

春风不恋繁华色，更喜青颜催换妆。

（2024 年 4 月 11 日）

观大型原创舞台剧《燕山情》有感

舞台再现亦情真，动地惊天更感人。

热血青春宜奋斗，芳华绽放续精神。

（2024 年 4 月 11 日）

见家犬被人伤

看家好狗受人欺，腿断身残望眼悲。

世道经年仍险恶，无辜生命屡濒危。

（2024 年 4 月 12 日）

所幸今时春意满

花香叶嫩两清新，天地还魂碧玉身。

细雨斜阳飞翠雾，高山深涧绕青榛。

斑斓点缀妖娆色，锦绣装潢富贵春。

四海徜徉家不住，三餐淡漠食甘贫。

人生若可择时奉，仙圣皆期今日邻。

（2024 年 4 月 12 日）

继往开来

桃花已谢海棠开，接力春芳色不颓。

繁盛人间烟火气，安民治国靠贤才。

（2024 年 4 月 13 日）

春日观花开花谢

花开才数日，色损气香残。

少有人哀叹，浮生各尽欢。

（2024 年 4 月 14 日）

家乡春日色香味

山珍味美气幽香，嫩笋新茶任品尝。

清爽入心神领会，偷来花色染红妆。

（2024 年 4 月 14 日）

惊世佳酿紫红泥酒

美酒紫红泥，香醇醉不迷。

声名驰远近，气脉贯东西。

竹下邀朋品，松前伴枕栖。

芬芳酬岁月，日夜绕城畦。

（2024 年 4 月 14 日）

借语丁香话别离

满春花气数丁香，日夜随风袭远方。

缠绕身心愁郁结，天涯两地苦彷徨。

（2024 年 4 月 15 日）

期盼畅游天下

既缺闲时又少怜，欲穷浪迹苦无钱。

蜗居网上观虚景，不解风情更羡仙。

（2024 年 4 月 15 日）

借景抒情

虚叹残春实叹人，韶光易逝尽伤神。

凌空一片风飞雪，恰似飘零游子身。

（2024 年 4 月 16 日）

优化营商环境燕山文协在行动

营商环境靠人优，文艺争先自惹愁。

加瓦添砖微助力，胜过一方独行舟。

（2024 年 4 月 16 日）

鄂西红土精神赞

树绿山青土却红，深藏本色显高风。

春晖育满生机旺，不歇初心善始终。

（2024 年 4 月 18 日）

云误归期神亦愁

云满巫山神女愁，望夫不见自心忧。

长天偶把微光露，喜极还悲转眼休。

（2024 年 4 月 19 日）

醉心花色

虽无富足可持家，亦觅闲情乐赏花。

忘却人生多不顺，天涯笑把牡丹夸。

（2024 年 4 月 20 日）

登山之乐

汗流解酒带幽香，既爽身心又去伤。

不记前愁忘旧恨，登高望远对花狂。

（2024 年 4 月 21 日）

春日游龟峰山杜鹃花海

翘首神龟欲问天，缘何美境在人前。

奇峰处处飞云雾，圣水时时弄管弦。

满眼杜鹃花似海，一川松树叶成烟。

今生唯愿此山住，请赐凡身不作仙。

（2024 年 4 月 22 日）

石　　山

以石成山身更坚，千年屹立势惊天。

风霜不夺凌云志，雨雪能书绝世篇。

尽去尘埃心育翠，丛生草树色含烟。

美名虽有三分像，寓意还须众口全。

（2024 年 4 月 23 日）

游恩施大峡谷和云龙地缝

上天入地鄂西行，深缝高山两样情。
攀石凌云仙尽隐，观泉昂首涧幽鸣。
风凉雾薄身心爽，叶嫩花鲜水气清。
绝壁奇松真好客，香薰玉笔写忠诚。

（2024 年 4 月 24 日）

游开封府

满园松柏已成林，不见包公歇树荫。
遗训生威碑石硬，高悬明镜冷人心。

（2024 年 4 月 26 日）

开封龙庭公园和清明上河园

千古龙庭势渐微，名图假造有谁非。
根深文化难争宠，尽醉浮华不愿归。

（2024 年 4 月 27 日）

贺张耕茶叶厂开业七绝（二首）

一

投身实业再开张，茶叶含硒名远扬。

助力山城新发展，神州大地竞芬芳。

二

投资实业制新茶，玉露含硒举世夸。

若有闲情常品饮，幽香四溢似春花。

（2024 年 4 月 28 日）

暮年赏花

破碎人生道道伤，百花艳处最心凉。

光鲜色嫩身冰洁，灿烂清纯羞日黄。

（2024 年 4 月 29 日）

长江生态修复初见成效

全民立志去泥尘，终复长江碧玉身。
水借华光梳艳影，峰生元气焕熙春。
舟船激浪飞鸥疾，风雨盘涡宿鸟嗔。
神女无忧云雾散，鱼猿互羡结芳邻。

（2024 年 4 月 30 日）

杜鹃与牡丹

杜鹃不与牡丹争，坚隐深山苦守情。
幽谷泉音清做伴，芳园春意冷修名。
知心鸟语晨昏颂，惜艳人声梦寐倾。
国色天香君已属，相思啼血化红英。

（2024 年 5 月 3 日）

晚　春

柳絮无聊莫乱飞，百花香谢叶新肥。
黏粘万物成霜白，大好春光面目非。

（2024 年 5 月 5 日）

蜂蝶戏春花

蜂自辛勤蝶亦忙，清晨带露醉花房。

轻沾怕踏娇英碎，荡起秋千送阵香。

（2024 年 5 月 6 日）

都市即景（二首）

一

繁华市井境清幽，花草丛林比野稠。

沉醉身心随鸟醒，晨光早染九霄楼。

二

都市欣闻百鸟鸣，回音激荡似泉清。

红尘万物和谐度，各取舒心一处生。

（2024 年 5 月 7 日）

麻城龟峰山杜鹃花海

满眼杜鹃红染霞，风云游客竞惊夸。

龟峰首尾清香溢，沉醉身心忘返家。

（2024 年 5 月 7 日）

晚春阵雨写意

阵雨洗尘除败絮，长天悬玉透新光。

风吹月下人心冷，独醉浮生更觉凉。

（2024 年 5 月 8 日）

送欧晓阳回四川

数月京城数月川，情钟两地怎心专。

高堂夜夜闻声睡，贤室时时望影怜。

忠孝儿郎真不易，温良女伴实难全。

今宵举酒非伤别，一路风尘多歇肩。

（2024 年 5 月 10 日）

青山仰止

自古留名有口文，风云事迹定惊人。

浮生借酒穷虚度，遍访青山不愿邻。

（2024 年 5 月 11 日）

贺方平凡《进化之道》出版发行

执掌融媒数十年，精修正果奉高天。

纷纭迷雾层层拨，烂漫初心字字诠。

宇内惊嗟谙世道，江湖仰慕达峰巅。

光辉闪耀征途阔，无悔人生昂首前。

（2024 年 5 月 12 日）

牡　　丹

牡丹真国色，娇艳众人夸。

无与能争宠，香飘千万家。

（2024 年 5 月 12 日）

诗颂北京高盟新材料股份有限公司

同窗携手战商场，各把飞鸿志尽央。

笑傲江湖勤砥砺，驱驰宇宙竞芬芳。

都城立业根基厚，边郡安身意气狂。

趁势转型天地阔，前途无限续荣光。

（2024 年 5 月 13 日）

诗颂四联创业集团和迅邦润泽物流公司

四联创业志今酬，润泽江山助解忧。

智慧交融循大道，人才汇聚显宏谋。

心连旧地高楼起，物觅新途壮举求。

德艺双馨频普惠，声名响亮彻神州。

（2024 年 5 月 14 日）

诗

诗颂八亿时空科技股份公司

强国征途不畏艰，银屏秘诀自攻关。

诸公矢志奔波苦，众士初心破浪娴。

数载曾迷皆侧目，一时顿悟各开颜。

无须再受他人掣，亿万炎黄善越山。

（2024 年 5 月 15 日）

诗颂北京环宇京辉氢能集团

环宇京辉气体多，声名灿烂耀星河。

富氢产业中天日，含碳生涯向夕歌。

四海精英丰羽翼，一腔心血散烟波。

国家战略前程引，尽显风骚快掷梭。

（2024 年 5 月 16 日）

诗颂北京创新爱尚家科技股份有限公司

同窗学子不甘贫，邀约钟情石墨身。

异地安家怀壮志，荒山辟土度芳辰。

徘徊绝境悲肩矮，搏击长空喜翅新。

天道酬勤终有获，鲜花绿叶尽迎春。

（2024 年 5 月 17 日）

拙作被推介展示

书名忝列享殊荣，自愧诗文艺不精。

唯愿潜心勤勉事，修来佳句慰浮生。

（2024 年 5 月 17 日）

云霞七绝（三首）

一

浮尘水汽积高天，蔽日偷光欲化仙。

万道红霞虽耀眼，人心亦识是云烟。

二

作抹胭脂歇卸妆，高天旭日惯平常。

浮云羡慕偷添色，染透身心也不香。

三

身本浮沉偶化霞，偷光染色惹人夸。

闻声得意高天笑，忘却萍生四海家。

（2024 年 5 月 18 日）

夜半雷雨惊梦

夜半惊雷醒梦人，闻风听雨复清神。

隔窗静卧寻前事，断续模糊盼作真。

（2024 年 5 月 19 日）

晨　鸟

鸟雀欺人不讲情，天光唤醒再无声。

窝中静看舟车疾，扬起风尘把露惊。

（2024 年 5 月 20 日）

人　心

早知秋雨冷，不识晚风凉。

若把人心拟，真堪万物伤。

（2022 年 8 月 28 日）

风送秋凉

声威惊地动，势猛送秋凉。

风急枝条苦，叶枯山色黄。

天高云意冷，屋矮客心伤。

匍匐人檐下，头低不敢昂。

（2022 年 10 月 11 日）

节　俭

珍馐不惜化残渣，众智痴情怜落花。

盛世修身持节俭，饥寒未解有人家。

（2022 年 10 月 18 日）

金　鸡【注】

久困红尘苦，金鸡一日怜。

奈何枷锁广，欲破实无边。

注：金鸡，古代大赦的象征。

（2022 年 10 月 19 日）

乌　鸦

进化乌鸦栖上林，逢人阵阵颂佳音。

长天自此无风雨，万物欢娱各称心。

（2022 年 11 月 4 日）

皇帝的新装

既遇天阴便有晴，人生失意亦高声。

愁眉不锁常欢笑，静听歪风拂耳鸣。

（2022 年 11 月 4 日）

红　尘

天涯浪迹逐奢华，屡遇阴风败落花。

满地残香伤冷暖，红尘险恶不堪夸。

（2022 年 11 月 11 日）

心　事

愁苦人生和酒吞，饱含浊泪度晨昏。

万千心事休言语，道出平添是祸根。

（2022 年 11 月 11 日）

诗

127

少有闲暇

一年四季少闲暇，周末无休累眼花。

偶尔居家身不适，江山梦里竞奢华。

（2022 年 11 月 19 日）

答谢文澜珊

文采颂诗词，澜珊醉若痴。

光阴诚可贵，何必枉驱驰。

（2022 年 11 月 23 日）

辨农桑之变

身近江湖远庙堂，高低不识辨农桑。

涔涔汗湿衣衫破，黯黯泪浇禾黍香。

酷暑严寒穷度日，凄风冷雨少依墙。

三餐未饱饥肠辘，两腿难伸残体伤。

美味佳肴撑肚满，脱贫致富写辉煌。

（2022 年 11 月 24 日）

文字游戏

食之少肉可闻香，勾起饥寒更闹肠。
昔日杨修招祸去，今朝畅语已无妨。

（2022 年 12 月 1 日）

风　涛

风似车轮疾，声涛滚滚来。
心惊天地动，日月也徘徊。

（2022 年 12 月 8 日）

寒　冬

彻骨寒风昼夜侵，声威俱厉把人砧。
浮光冷照皆麻木，草树成针尽扎心。

（2022 年 12 月 10 日）

现　实

种豆南山草最高，农桑不懂有风骚。

田园归隐求娴静，笔墨相逢起浪涛。

壶里乾坤随日尽，胸中意气与时糟。

折腰为米低头出，无奈人生烟火熬。

（2022 年 12 月 11 日）

大家推介

铺天盖地上平台，幸得知音争引荐。

本欲虚心墙角站，何堪盛气厅堂恋。

抒情写意有炎凉，野草香花无贵贱。

若想言辞惊世儒，还须竭力苦修炼。

（2022 年 12 月 13 日）

大业谁承

杂交粳稻一先生，历尽艰辛功业成。

南北双骄[注]随鹤去，人间仓廪有谁盈。

注：中国杂交水稻双骄，袁隆平、杨振玉，即"南袁北杨"。

（2022 年 12 月 14 日）

三酉俱乐部

入会历三秋，开心解万愁。

未容衰老至，尽把健康求。

转战寻场地，贪欢恋酒楼。

精神前后继，团队始无休。

（2023 年 1 月 19 日）

雨水无雨

不见游丝烟柳色，春光满眼醒山河。

冰层化水缠绵语，天际飞鸿婉转歌。

旧土蓬松嫌脚短，新芽稚嫩喜尖多。

何来雨雪催花叶，道是人间分数波。

（2023 年 2 月 19 日）

酒伴人生

人生少酒不知香，两眼神虚心里凉。

欢喜来时能助兴，穷愁到后可驱伤。

寒冬瑞雪围炉煮，盛夏良宵对月狂。

惜别折枝杯尽满，相逢执手碗全光。

洞房一夜千秋合，金榜三元万世昌。

白日放歌谁壮胆，青春无伴怎还乡。

泸州美梦时时醉，老窖甘醇誉八方。

（2023 年 2 月 21 日）

南北有别

已到春天花不开，东风带泪湿荒苔。

江南早把新颜换，柳绿桃红扑面来。

（2023 年 2 月 27 日）

生生不息

旧叶枝头落，新芽缝里生。

秋冬非作息，蓄势续春荣。

（2023 年 3 月 1 日）

有理也让三分

正道行车挨骂声，千般有理亦无争。

连连致歉消人气，压下风波把祸清。

（2023 年 3 月 6 日）

诗

习酒飘香

二郎滩上酒飘香，古国为名声远扬。

赤水层层沙土滤，高粱粒粒果霜浆。

民风朴实存仁义，技艺非凡贯庙堂。

邻里和谐消困顿，前途广阔享安康。

英雄畅饮添豪爽，雅士微醺弄管羌。

代代传承书历史，人人奋发续辉煌。

恭逢盛世欢歌起，四海佳音颂吉祥。

（2023 年 3 月 14 日）

顾影自怜

幽兰一树映琉璃，古殿争辉香却迟。

物是人非烟火冷，凄清岁月有谁知。

（2023 年 3 月 16 日）

西 风

西风龌龊裹尘沙，蔽日遮天欲毁家。

大好春光香色谢，枯枝败叶不开花。

（2023 年 3 月 22 日）

东　风

东风不力北风摧，姣好春天香色颓。
呼啸含尘蒙眼面，相逢未识把人猜。

（2023 年 3 月 23 日）

盼　春　雨

一夜浮尘数日消，长空盼雨洗妖娆。
江山洁朗方春色，嫩柳迎风扭细腰。

（2023 年 3 月 24 日）

世人多爱花

青松四季少人夸，满树新枝不是花。
万物天生偏爱色，闻香尽把目光斜。

（2023 年 3 月 26 日）

诗

春宵难熬

芳草复青萋，天涯又未归。

春宵罗帐里，屡独锁心扉。

（2023 年 3 月 29 日）

春色多变

日照花争艳，天阴色尽凄。

春光无限好，屡受雾云迷。

（2023 年 4 月 4 日）

雨打春花

草树才新天又阴，花开遇雨泪涔涔。

幽香化水随风落，入地芳心无处寻。

（2023 年 4 月 6 日）

春风撩人

春风最爱纱窗薄，两两轻盈恼一人。

撩起芳心无处散，天涯昼夜锁孤身。

（2023 年 4 月 9 日）

彼此尊重珍惜

每朵花开均灿烂，但凡生命各艰辛。

红尘万物互珍惜，尊重包容做友邻。

（2023 年 4 月 10 日）

山水印象（二首）

一

山荒路破鸟声稀，树矮枝残颜色凄。

峭壁孤亭穷守望，云天暗淡有谁迷？

二

河床绝水变荒滩，两岸闲余道路宽。

偶有游人时侧目，草枯石乱惹心寒。

（2023 年 4 月 13 日）

有家难回

天涯浪迹莫回家，手足深情变冷茶。

泪落心伤人不识，他乡独醉怕谁嗟。

（2023 年 4 月 17 日）

错位人生

伏案不知身外事，抬头已错午餐时。

饥肠辘辘心无觉，短暂人生苦在痴。

（2023 年 4 月 18 日）

谷雨观雨

春花方欲谢，谷雨润新苗。

娇嫩周身脆，缠绵一地潮。

含珠飞作泪，脱俗化成瑶。

突觉风吹冷，归来白发飘。

（2023 年 4 月 20 日）

北宫森林公园

树小枝稀叶不多，湖宽水浅少欢歌。

良辰美景均何在，鱼傻人呆两笨鹅。

（2023 年 4 月 21 日）

又到四月天

四月思乡切，杜鹃花始开。

香风飘万里，红粉落千堆。

映照佳人笑，招摇彩蝶来。

天涯游子意，神往发痴呆。

（2023 年 4 月 26 日）

诗

时光易老

风吹叶落始惊呆，无语人生腿慢抬。

柳色垂青春已去，蝉声响彻夏初来。

高天日下阴凉觅，古树枝前绿意堆。

欲赏新花香尽散，时光逝水怎重开。

（2023 年 4 月 27 日）

欧子煜臧瑞祺婚礼

良辰逢喜事，圣殿娶佳人。

龙凤呈祥瑞，珠玑兆吉辛。

中西今合璧，南北永联姻。

热泪甘泉涌，皆因情至真。

（2023 年 4 月 29 日）

二

词

西江月·贺刘耕赵岩新婚

纨绔童年虚度，燕山束发专攻。天资聪颖势从容，折桂蟾宫成宠。
刘赵根深叶茂，耕岩爱厚情浓。结成连理两心忠，比翼呈祥龙凤。

（2022 年 9 月 3 日）

临江仙·天下文章皆心意

天下文章皆心意，其中几许欢愉。巴陵胜状引人趋。洞庭湖水阔，洲
岛树林虚。

眺望远山皆似锁，江边楼上穷途。风云雷动雨成珠。晴光驱雾散，碧
浪洗愁无。

（2023 年 5 月 4 日）

词

西江月·书院祠前听雨

书院祠前听雨，溪流桥下弹琴。苍松翠柏泣丛林。泪落檐前谁品。
天问千年遗恨，楚辞万载余音。清廉一世众人钦。高洁幽兰作枕。

（2023 年 5 月 5 日）

昭君怨·夏日草原

骏马奔驰原野。清水萦回林舍。碧草借风歌。伴飞梭。
万里烟云际会。远近天蓝山翠。日落夜阑珊。笑声传。

（2023 年 6 月 18 日）

女冠子·垂暮吟

身心双老，暮气常欺衰草。皱纹多。对镜愁霜鬓，低头抚泪窝。
少年荒术业，晚景唱悲歌。光阴流水逝，没江河。

（2023 年 6 月 27 日）

玉蝴蝶·人定胜天

夏日蒲洼奇景，晨曦夜色，雨后初晴。叠翠层峦，云雾变幻升腾。峰尖露、蓬莱再现，波涛涌、瀛海纷呈。望天庭，群星璀璨，片月光明。

峥嵘。山高路远，含辛茹苦，接力倾情。绿树清溪，幽林栈道带风生。守初心、经年不变，担使命、亘古常青。是精英。珠镶玉嵌，凤舞龙鸣。

（2023 年 6 月 28 日）

女冠子·几多期待

几多期待，区区言语难载。真情谁解。风霜雨雪，梦绕魂牵，痴心无改。芬芳争斗艳，蝶舞蜂飞，喜欢光彩。绿荷碧树，不敌秋冬，伤悲枯败。

惯凄凉、依旧怀珍爱。赴天涯、惆怅换来宽襟带。独居孤寨。看月圆花满，良宵窗外。但求山海愿，盼能持久，少成伤害。此生终逝，泪流几许，一身疲惫。

（2023 年 7 月 7 日）

踏青游·独自环游

独自环游，饱览世间风景。耐寂寞、一人清静。赏春花，咏冬雪，夏秋峰岭。精神劲。沉迷四时佳境。无处不留身影。

纯粹心灵，亦是此生荣幸。少遗憾、多图新颖。散忧愁，求快乐，从容安定。江湖冷。何必痴情彪炳。天涯逸乐随性。

（2023 年 7 月 12 日）

卜算子慢·经年未遇

经年未遇，开岁始逢，夏日异常无助。炙热连天，试问纳凉何处。隔门窗、里外身心煮。弃榻座、嫌其滚烫，徘徊顾盼雷雨。

早晚微消暑。喜日落西山，气含朝露。月暗星稀，削减躁烦少许。怕晨光、不懂人辛苦。续火力、熔炉淬炼，看谁能撑住。

（2023 年 7 月 15 日）

中兴乐 · 出梅顺送伏天凉

出梅顺送伏天凉。缠绵雨雾迷茫。倚窗怀旧，斟酒生伤。曾经欢聚时光。好疯狂。旧交不再，痴心未改，尽是愁肠。

年年期盼着闲装。假期切莫彷徨。八方佳色，四面幽香。岂能辜负青黄。欲翱翔。奈何今日，孤身无伴，来去匆忙。

（2023 年 7 月 16 日）

中兴乐 · 纳凉晚归

连天炙热雨浇稀。清凉复把人迷。消夜贪多，醉酒归迟。高低灯色陆离。虚窗帷。徘徊倩影。待谁陪伴，似锁愁眉。

（2023 年 7 月 17 日）

醉花间 · 游山水

游山水。爱山水。山水催人醉。花草悦身心，风浪驱芜秽。变换物常新，开怀时有泪。虽远亦坚持，尽享天涯美。

（2023 年 7 月 19 日）

词

147

纱窗恨·夏日惊魂

炎炎夏日昏昏眼。睡还烦。梦中犹觉心神乱。不能安。

旧人事、几多无奈，尽堆积、厚似云天。呓语惊魂，醒时残。

（2023 年 7 月 20 日）

点绛唇·雨落飞珠

雨落飞珠，风吹飘缕。驱炎暑。含羞自语。又把良宵误。

独步天涯，何日圆期许。身心苦。远栖他处。今夜邀谁舞？

（2023 年 7 月 22 日）

点绛唇·天已无常

天已无常，高温纪录今朝破。皆因人祸。方致光成火。

万物关联，切勿贪心做。因与果。谁能逃躲。协力双赢可。

（2023 年 7 月 23 日）

点绛唇·雨后蛙鸣

雨后蛙鸣，欲寻无奈高墙隔。惹人猜测。湖满荷花色。

绿叶青蓬，红醉舟中客。非无力。棹声轻述。怕把鸳鸯拆。

（2023 年 7 月 29 日）

归自谣·雨夜

宵夜雨。敲打轩窗嫌闭户。不知室内人心苦。

玉簟清凉灯无语。休环顾。身孤影只天涯路。

（2023 年 8 月 4 日）

平湖乐·夜雨无眠

夜深风急雨欺窗。惊醒人惆怅。闪电穿云照天亮。透心凉。掩帘续把
身斜躺。依稀浅影，翻腾孤枕，见棱镜、忆花黄。

（2023 年 8 月 5 日）

词

平湖乐·连天风雨乱成灾

连天风雨乱成灾。水溢沟渠载。道路难行渡停摆。乱心怀。西山雾断云崖矮。青葱烟幕，朦胧笼罩，久不见人来。

（2023 年 8 月 6 日）

归国谣·珍惜

洪水。肆虐家园家尽毁。满目疮痍催泪。痛心能怎地。
人与自然双脆。不堪残暴对。奈何久未消退。只因贪纸醉。

（2023 年 8 月 7 日）

归国谣· 真可笑

真可笑。不是自身心眼小。愚昧尽成天道。伤怀杯酒倒。
开口欲言终了。世间诸事渺。但愿醒时皆好。日光新朗照。

（2023 年 8 月 8 日）

归国谣 · 君莫怨

君莫怨。屡遇雨云烟雾散。无碍远山延展。天涯人做伴。

青草绿林风乱。倚窗杯酒满。笑对世间沟涧。踏平方觉浅。

（2023 年 8 月 9 日）

归国谣 · 立秋

秋随夜至。凉侵幽梦碎。晓风初带寒意。日升朝雾退。

窗垂数条烟水。滴痕余浊泪。心伤香色憔悴。恨韶光易逝。

（2023 年 8 月 10 日）

恋情深 · 日暮天昏蝉未歇

日暮天昏蝉未歇。怪通宵热。玉肌香汗湿衫襟。盼幽林。

依稀光影透双心。蜜语似风吟。好景梦回多次，恋情深。

（2023 年 8 月 14 日）

赞浦子·旧疾添新恙

旧疾添新恙,残阳秀晚晴。大势随风去,悲情伴暮生。

坐卧操持未遂,起居饮食无成。老态何堪受,余生夜半灯。

（2023 年 8 月 14 日）

点绛唇·复活

水决桥残,荒芜河道孤城苦。炊烟似雾。弥漫人凄楚。

浴火重生,晓月随波舞。船争渡。鸳鸯惊羽。激起珍珠露。

（2023 年 8 月 15 日）

浣溪沙· 长夜难眠双眼痴

长夜难眠双眼痴。冷光昏照一帘迷。簟凉偏遇雨纷飞。

清晓人声含倦意,暮秋烟雾带愁丝。无边眷恋恨无期。

（2023 年 8 月 16 日）

浣溪沙 · 深夜蝉休鸟失声

深夜蝉休鸟失声。高楼人睡室无灯。高天隐现数枚星。

满月一轮空自照，愁眉两叶枉多拧。痴心换得荡孤萍。

（2023 年 8 月 17 日）

醉垂鞭 · 岁月不饶人

岁月不饶人。腰椎老。欢愉少。坐卧亦伤身。站时劳腿勤。

来回徐走动。稍消肿。偶精神。举酒欲多巡。停杯须自珍。

（2023 年 8 月 18 日）

醉垂鞭 · 今夏又无多

今夏又无多。天开墨。风添色。枝上叶婆娑。青黄又一窝。

阴晴烟雾绕。人生道。岁时梭。跋涉越沟坡。居高云奈何。

（2023 年 8 月 19 日）

词

153

浣溪沙·贺张焱鹏金榜题名

耀眼新星浩海升。一帆风顺赴前程。追寻足迹续光明。

满座宾朋抒美意，无边怀抱佑苍生。频飞鸿雁报功成。

（2023 年 8 月 20 日）

雪花飞· 新叶高低勃发

新叶高低勃发，秋声远近相闻。清晓云烟笼罩，凉气侵人。

时运趋终结，情怀未丧沦。风雨寒冬不惧，雪里缤纷。

（2023 年 8 月 21 日）

雪飞花· 麻城孝善楼

巴蜀情归孝善，贤良德佑黎民。功业千秋颂表，开化新人。

江水层峦绕，山花曲径芬。书隐珠玑日月，照跃龙门。

（2023 年 8 月 22 日）

浣溪沙·秋雨夜

秋日叶枯天欲冷。暮天光暗客思乡。夜幽多梦醒时慌。

但听天涯风唤雨，打窗声急诉忧伤。不知孤枕惯凄凉。

（2023 年 8 月 22 日）

沙塞子·秋意

山青叶绿风新。雨露澈、流光动人。天地亮、展眉舒意，嵌玉飞云。

相思堆积误红尘。满月远、清辉作邻。孤亭近、冷香寒袖，粉泪成痕。

（2023 年 8 月 22 日）

昭君怨·心事

大好山河似锦。秀美云霞成衽。倒影入清波。伴渔歌。

双橹轻摇船慢。两眼浮游心软。偷向岸边斜。觅人家。

（2023 年 8 月 23 日）

词

殿前欢·变与不变

又秋凉。夜来丝雨透纱窗。清风一阵无心赏。欲梦还伤。

香衾变冷裳。残体添新恙。矢志存荒壤。青黄次第，寂寞寻常。

（2023 年 8 月 24 日）

沙塞子·悲喜结

处暑天凉帘卷，斟浊酒，享清欢。醉里举杯邀伴，少红颜。

月照秋风清冷，伤叶败，惜蝉寒。幽梦飞来鸿雁，始心安。

（2023 年 8 月 25 日）

浣溪沙·雷阵雨

隐月堆云催雨来。黑天昏夜盼光开。鸣雷闪电释胸怀。

凄切晚蝉声恐惧，孤单残体影悲哀。迎风醉酒发痴呆。

（2023 年 8 月 26 日）

殿前欢·等闲

舞秋风。尽将青叶染黄红。江山又似春潮涌。醉入寒冬。
霜繁白发蓬。飞花梦。汇聚人心动。蜡梅香暗，欲觅无踪。

（2023 年 8 月 28 日）

水仙子·见闻

风凉日暖色还青。地阔天宽眼更明。烟云碧海浮虚影。秋高雁不惊。
群山玉带纷萦。奔波命。放浪形。苦了身名。

（2023 年 8 月 29 日）

水仙子·日本核污染水入海

无端灾祸八方流。沿海家园一日休。奸心未死声名臭。人间万古愁。
须消旧恨新仇。豺狼烟灭，蚊蝇火秋。举世筹谋。

（2023 年 8 月 30 日）

词

水仙子·红云冷雨

高天光染厚云红。凉夜风吹秀发松。孤身镜照悲情涌。清秋味太浓。
斜阳似火才终。敲窗声急，欺人势凶。冷雨叮咚。

（2023 年 8 月 31 日）

霜天晓角·秋别

秋来夏去。日暮天无助。惊梦鸟声催发，珠帘卷、风含露。
梳妆人无语。夜来何处住。双泪落红谁补？作别手、频挥舞。

（2023 年 9 月 3 日）

霜天晓角·中国人民抗日战争暨世界人民反法西斯战争胜利七十八周年

凯歌高奏。勇胜东洋寇。满望江山雷动，旌旗舞、欢声久。
奔走。争挽手。誓把神州佑。历尽万千辛苦，天未负、功不朽。

（2023 年 9 月 3 日）

霜天晓角·暮年回首

人在心麻。平生无可夸。偷抹两行浊泪，思乡切、怎回家？

举杯劝落霞。休染身上纱。已是黄昏落日，尘满面、鬓成花。

（2023 年 9 月 4 日）

清商怨·雁归人不见

天蓝风细宜放眼，万里高飞雁。尾北头南，声柔双翅展。

归心不怕路远。遇春秋、定时往返。羡煞离人，经年伤未见。

（2023 年 9 月 5 日）

伤春怨·秋色不香

色到深秋变。绿意风吹霜剪。满眼复斑斓，恰似春花初绽。

奈何新香浅。定是身心倦。不再慕繁华，怕落得、凄凉散。

（2023 年 9 月 6 日）

词

醉花间·自醉

园内小池清水少。荷花开细小。红粉俏含羞，偷染身边草。

亭孤人不恼。独赏妖娆貌。风吹圆叶笑。闻香举酒对长空，醉身心，斜卧倒。

（2023 年 9 月 7 日）

清商怨·伴孤灯

身心双醉腿软。榻似天涯远。步履蹒跚，欲扶嫌手短。

长空三五月满。不照人、偷与谁恋。桌上孤灯，邀回新把盏。

（2023 年 9 月 8 日）

菩萨蛮·秋思

烟轻雾浅云稀少。天涯晓色孤星照。残梦本模糊。醒时踪影无。

清秋风带露，帘卷飞丝雨。凉爽入心扉。梳妆人未归。

（2023 年 9 月 9 日）

浣溪沙·莫愁

已卧还忧案上文。未批尚待病时身。起居精气两无神。

放下莫愁稍减压，携来还望再开恩。世间虚事忒多人。

（2023 年 9 月 12 日）

中兴乐·茉莉

一袭清香丝带飘。青枝绿叶花苞。喜幽静。天性。远喧嚣。

平生历尽深宫冷。嫔妃命。有谁能咏。休等。自在妖娆。

（2023 年 9 月 14 日）

采桑子·相见难

连天细雨浇秋透，气冷风凉。玉露成霜。落叶凄清一地伤。

长空万里回归雁，自在翱翔。人困他乡。菊桂梨桃久未尝。

（2023 年 9 月 17 日）

词

161

归自谣·秋已暮

秋已暮。残叶委身随冷雨。风吹不起凄凉捂。

天涯夜半闻更鼓。生酸楚。泪光映照孤灯苦。

（2023年9月19日）

采桑子·大美黄冈

东坡赤壁诗词赋。铸就辉煌。无限荣光。古韵新风扑面香。谁不赞黄冈。

育人文化初春雨，润泽芬芳。滋养贤良。功业千秋举世夸。定国又安邦。

（2023年9月20日）

添字采桑子·真情难抑

今生悲喜无声色，非是消沉。非是消沉。万事烟云、何苦白劳心。

真情脆弱时惊动，不用搜寻。不用搜寻。双泪成河、欲抑复幽音。

（2023年9月21日）

菩萨蛮·秋气袭人

秋花羞发添寒气。色凋香淡芳华逝。开若遇春时，天涯豆蔻追。
月圆清夜赏。酒冷悲情酿。醉后不知伤。醒时心更凉。

（2023 年 9 月 24 日）

后庭花·习惯

秋风落叶欺天老。秃枝荒草。八方萧瑟谁能好。自毁其道。
心明眼亮知人小。但由他搅。此生不怕添烦恼。惯遇阴爪。

（2023 年 9 月 25 日）

诉衷情令·盼出游

孟秋美景不能穷。身锁假期终。天涯望断心忧结，枉费桂香浓。
期解脱。盼宽松。驾长风。缤纷霜叶，灿烂山河，快意西东。

（2023 年 10 月 10 日）

词

诉衷情令 · 无语

斑斓秋色满山川。烟雾恋红颜。朦胧掩映羞涩，待日暮、最缠绵。

天远隔，月孤圆。照无眠。透窗光冷，对镜眉寒，欲语声残。

（2023 年 10 月 11 日）

后庭花 · 丰收

清秋节假争归赴。桂香浓处。稻浪千重金幡舞。细声私语。

农人劳作堪辛苦。不辞寒暑。丰收万物钱几许。了无情绪。

（2023 年 10 月 12 日）

后庭花 · 不舍

红黄点染层林变。似花新绽。秋风欲落还留，不忍添零乱。

败枝枯叶魂消散。惹人凄婉。落霞攀附烟云，把今生贪恋。

（2023 年 10 月 13 日）

后庭花·独处

夜空明镜风吹亮。淡云飞荡。碧海灯稀羞涩漾。不让欣赏。

桂香寻酒落、入肝肠爽。醉人心上。独自寻欢天地旷。好不酣畅。

（2023 年 10 月 14 日）

后庭花·执着

晓凉宵冷西风厉。各生寒意。缤纷秋叶纷飞起。欲落何地？

力衰荒野歇、残身逝。了本轮心事。逢春再发陪花喜。夏凉荫翳。

（2023 年 10 月 15 日）

一落索·不让悲伤惆怅

不让悲伤惆怅。理该何讲。此生已是暮年身，早看透、人间恙。

压抑怎能舒畅？但求释放。忠言逆耳古来嘉，需勇毅、方昌旺。

（2023 年 10 月 16 日）

词

好时光·期盼

独赏斑斓秋色，承晓露、笼晨烟。黄绿紫红争粉饰，终随落叶还。

满眼萧瑟气，不愿看、透心寒。腊月梅香透，雪里再承欢。

（2023 年 10 月 18 日）

一落索·华而不实

风与长空联手。叶飞云走。伪装天际作蓬莱，未识得、惊开口。

凝望远山眉皱。心情糟透。早知幻影误前程，不应把、痴情秀。

（2023 年 10 月 19 日）

一落索· 夜半梦魂惊动

夜半梦魂惊动。月寒霜重。万千旧事断还连，时化作、波涛涌。

泪冷枕凉心痛。早无人宠。晨曦微露眼蒙眬，休再做、多情种。

（2023 年 10 月 20 日）

一落索·难忘

久困不知天变。眼昏光浅。四时似水自环流，直搅得、人心乱。

秋日一时呈现。红黄成片。倚窗遥望遇飞鸿，形易散、情难散。

（2023 年 10 月 21 日）

一落索·相思

万物秋风吹透。叶枯花皱。尽生萧瑟满山川，催日暮、烟云厚。

望断四时宵昼。相思依旧。烛心独自带伤燃，清晓歇、身消瘦。

（2023 年 10 月 22 日）

减字木兰花·重阳

菊香酒力。醉后不知身是客。万事皆休。独卧孤床乱枕头。

梦魂全断。万道晨光催醒晚。双眼蒙眬。寂寞重阳何日终？

（2023 年 10 月 23 日）

词

减字木兰花·晚秋

青青柿意。霜降欺红方上位。透亮成灯。挂满高枝晒晚晴。

菊香万里。遍地金黄春也忌。入酒伤肝。不解烦忧心更寒。

（2023 年 10 月 24 日）

一落索· 西风窗外私语

西风窗外私语。乱睡时情绪。起身帘卷月徘徊，诉不尽、相思苦。

搅起乱云飞舞。欲遮光还附。若能照得早春来，不再把、佳期误。

（2023 年 10 月 25 日）

减字木兰花·愚人联对

愚人联对。语义欠周谁附势。竟有跟风。未识荒唐定是聋。

真心劝诫。好赖不知还责怪。休再多言。入木三分也枉然。

（2023 年 10 月 26 日）

减字木兰花 · 新婚寄语

新人新貌。筑起新家须敬老。开启新程。无限欢情尽爱情。

新规新矩。理好新家休怕苦。携手辉煌。各把他乡作故乡。

（2023 年 10 月 27 日）

一落索 · 写尽千般情状

写尽千般情状。少能欢畅。绝非执意尽悲歌，屡遭遇、谁能挡？

白发可成嘉奖。任由飘荡。兼程风雨续余生，时虽晚、天还亮。

（2023 年 10 月 30 日）

减字木兰花 · 约定

花城四季。五色争香人自醉。千古风流。菊写辉煌又一秋。

呼朋唤友。戏凤游龙追蝶走。笑逐颜开。柳绿桃红约再来。

（2023 年 10 月 31 日）

词

减字木兰花·送别

秋深雾厚。笼罩山川谁看透。露湿眉尖。化泪无声双目含。

毕生宏愿。历尽艰辛终不变。造福苍生。座座丰碑身后铭。

（2023 年 11 月 1 日）

减字木兰花·偶遇

华光四溢。细步香风花不敌。玉白唇红。杨柳新腰嫌带松。

柔情万种。驻足回眸心驿动。欲笑还羞。眉锁清波泛月舟。

（2023 年 11 月 2 日）

杏园芳·西风冷雨横秋

西风冷雨横秋。寒云厚黑天愁。枯黄落叶秃枝丢。复何求。

身心尽化魂归土，催生万物新流。冬储春发百花稠。绿荒洲。

（2023 年 11 月 7 日）

杏园芳·深秋独苦高枝

深秋独苦高枝。风中左右凄迷。伤无绿叶竞扶持。不逢时。

寒冬又遇茫茫雪。弯腰再把头低。新生期盼是春归。放光辉。

（2023 年 11 月 8 日）

柳含烟·垂丝帐

垂丝帐，挂珠帘。春意借风浓烈，鹅黄新绿满枝尖。染天蓝。

碧水清波浮碎影。断续缠绵歌咏。一腔心事曲中含，有谁谙。

（2023 年 11 月 9 日）

柳含烟·春愁

多情柳，报春来。绿染烟霞雾色，唤醒桃杏悦君怀。映珠钗。

水岸长亭常独舞。倒影随波远赴。斜风细雨泪双垂。滴成溪。

（2023 年 11 月 16 日）

谒金门·心事

冬又至。秋月春花尽逝。落叶声含无尽意。有谁能听视。

曾把芳心托起。映照光华万里。绿满枝头人不记。萧瑟方知贵。

（2023 年 11 月 17 日）

谒金门·对镜感怀

须发改。窥镜细寻青黛。一脸沧桑谁愿爱。独自常嗔怪。

回首今生风雨载。历尽未添光彩。心似秋冬枯叶败。泪多人失态。

（2023 年 11 月 18 日）

菩萨蛮·贺刘苏万姜亦鸣新婚

金秋桂子芬芳意。天涯携手佳人醉。今世既成双。欢歌伴舞裳。

亦鸣勤护卫。苏万多安慰。美满度时光。人生永向阳。

（2023 年 11 月 18 日）

恋情深·贺刘苏万姜亦鸣新婚

彩菊迎秋云锦美。醉飘香桂。红尘互觅做知音。结欢心。

今生厮守度光阴。珍惜似黄金。白首两无辜负，恋情深。

（2023 年 11 月 18 日）

谒金门·思乡

家米酒。万里香风入口。勾起乡愁人不走。问寻何处有。

笑作摇头摆手。复把天涯看透。似箭归心谁忍受。夜梦方喝够。

（2023 年 11 月 20 日）

好事近·夜寒惊梦

小雪夜生寒，酣梦醒时谁在。窗外动天惊地，是风涛澎湃。

飞花不见月当空，冷光凉心态。但觉晨曦清冽，误佳人精彩。

（2023 年 11 月 23 日）

词

好事近 · 感恩

举酒谢恩人，成就此生欢悦。言语永存温暖，化寒冬冰雪。

身微未及庙堂高，仰慕皆忠烈。浪迹天涯虚度，把初心磨灭。

（2023 年 11 月 24 日）

谒金门 · 天欲雪

天欲雪。先把冷寒层叠。烟雾成云欺日月。万里光辉歇。

夜里飞花不绝。一地芳魂争烈。照亮轩窗人未察。醒时惊眼睫。

（2023 年 11 月 25 日）

华清引 · 黄昏

低头不识北风狂。一片迷茫。满腔心事难尽，羞言是断肠。

眼花字乱怪灯黄。卷帘斜倚西窗。暮天山影暗，云黑替谁伤？

（2023 年 11 月 28 日）

好事近·寒月夜

风厉月光寒，不见暮时云影。万里碧霄青帐，罩一床阴冷。

天涯夜半枕无眠，辗转神难定。更鼓声声催问，把何人久等？

（2023 年 11 月 30 日）

好事近·我心依旧

早晚色绯红，渐染山川田野。变换秋冬春夏，是韶光永驻。

人生虽短遇冰寒，莫做萧条树。独对长风皓月，亦欢欣歌舞。

（2023 年 12 月 2 日）

忆闷令·盼望

数日无诗心不快。又添光阴债。时时碎事萦缠，愁锁双眉矮。

久困精神怠。盼云游山海。赏佳景、把酒临风，书八方精彩。

（2023 年 12 月 9 日）

天门谣·空悲切

寒夜偷飞雪。粉人世、尽成冰洁。光照烈。透珠帘方歇。

醒幽梦依稀疑皓月。顿苦孤身心不悦。清晓彻。满眼是、琼枝玉叶。

（2023 年 12 月 15 日）

天门谣·期待

冬冷斑斓绝。放眼望、满天萧煞。冰水彻。映寒烟残月。

喜远日含情心不竭。大漠飞沙痕易灭。风冽冽。浩荡势、迎春化雪。

（2023 年 12 月 18 日）

忆闷令·难诉相思

欲雪天阴心意懒。一头青丝乱。斜眉对镜还愁，今又无人伴。

雾隐天涯远。盼春风吹散。怎成曲、寂寞箜篌，因久弹弦断。

（2023 年 12 月 31 日）

太平年·祝愿

新年期盼人人好。愿乐多苦少。雄鸡鸣唱报春到。自东方破晓。

日照江山生芳草。满眼花争俏。家国梦圆了。济世弘道。

（2024 年 1 月 1 日）

忆闷令·退休生活

退职回归心未老。酒嫌千杯少。青葱两鬓飞霜，该此时容貌。

往事休缠绕。有江山环抱。尽沉醉、四季风光，均似佳人俏。

（2024 年 1 月 2 日）

散余霞·冬雪荷花池

孤亭残雪斜阳照。透一身冷俏。池水终老荷花，把痴情尽了。

荒芜暂呈玉貌。掩两弯寒笑。明镜若复成双，盼春光快到。

（2024 年 1 月 3 日）

词

锦园春·贺樊俊六十二岁寿

晋泉丰美。偕朝阳润泽，遍开兰芷。俊采星繁，尽天涯骄子。
胸怀壮志。独东赴、梦圆心遂。品则荣光，江山鼎气，纵横今世。

（2024 年 1 月 5 日）

好女儿·自得其乐

喜静远喧嚣。独酌解无聊。醉后歪身斜躺，入梦乐逍遥。
日照醒妖娆。不管那、地远天高。青丝稍乱，红唇略浅，玉软香飘。

（2024 年 1 月 6 日）

忆闷令·迫不及待

大雪连天窗外满。掩帘因心软。从来赏景生愁，惆怅何人管？
久久无相见。有寒梅谁羡。待香散、定借东风，飞到跟前伴。

（2024 年 1 月 9 日）

锦园春·新书发布

拙文成集。仍无心妄喜，水平堪惜。展会公宣，怎钟情私密？
休言忤逆。自娱乐、绝非人敌。屡赋新词，频消旧恨，恒倾余力。

（2024 年 1 月 11 日）

好女儿·五脑山

春意满花城。数松竹多情。凤岭朝云齐聚，开智启功名。
仙境尽欢声。彻云霄、千古高清。五峰形影皆灵气，育万世繁荣。

（2024 年 1 月 22 日）

彩鸾归令·记友人登香山

时偶宽余。独向香山曲径徐。密林雪影已消除。叹冬枯。
眼前萧瑟随风尽。脚底峥嵘待日舒。世间艰险至巅无。满征途。

（2024 年 2 月 2 日）

好女儿·渔舟唱晚

波闪鳞光。映照归舱。出云端、汇聚心安处，把锚绳慢系，斗烟微火，熏醉斜阳。

戏水群禽争宠，飞鸥鹭、逐鸳鸯。挂星灯、倒影风揉碎，似落红纷洒，痴情有寄，笑浣霓裳。

（2024 年 2 月 3 日）

三犯锦园春·心向阳光

背阴残雪。盼春光快到，始能消竭。久遇冬寒，变冰坚逾铁。人嫌硬劣。色灰暗、自羞卑屈。既失佳时，亦非傲物，却期迷蝶。

优贫古来有别。向身居苦地，心忧高阙。宠辱无常，尽早生华发。徒劳日月。枉天命、痴情难灭。已逝青春，无多晚岁，犹修风骨。

（2024 年 2 月 6 日）

绣带儿 · 新年

当值在年关。舍却一家欢。遥祝天遂人愿，愁事化云烟。

深夜守无眠。别旧岁、盼换新颜。晓风香醉，朝霞色染，万里江山。

（2024 年 2 月 9 日）

太平年 · 拜年

神州新岁今开启。祝吉祥四季。春时香艳夏清丽。与秋冬媲美。

日照东方安康地。万众心欢喜。歌舞颂恩义。鼓乐声醉。

（2024 年 2 月 10 日）

清平乐 · 春节

岁新人喜。拂面春风细。杨柳飞丝垂绿意。倒影随波千里。

欢声溢满长堤。鸳鸯戏逐涟漪。老幼笑谈花色，红梅香醉今时。

（2024 年 2 月 11 日）

万里春·回家

迎春冻雨，化琼枝芳树。歇归心、静待晴天，续欢歌一路。

夜色阑珊处。尽人影、笑言乡语。竞相扶、落座围炉，酒香杯频举。

（2024 年 2 月 15 日）

清平乐·春愁

冰融雪化。满眼春光乍。绽放群芳惊蝶傻。恨无力、分身嫁。

人生枉费多情。惯于孤寂虚惊。归雁未捎佳讯，落时敛翅无声。

（2024 年 2 月 16 日）

忆秦娥·伤春

冬已歇。冰霜尽化烟云叠。烟云叠。孕育雨露，滋润花叶。

他乡早已飞香雪。今宵依旧悲阴月。悲阴月。春光恨晚，人心愁别。

（2024 年 2 月 19 日）

忆秦娥·盼太平

真无助。世间邪恶伤今古。伤今古。狼烟未灭，民生何许。

偏安一地心酸楚。求全四面人辛苦。人辛苦。消除祸水，奉送甘露。

（2024年2月20日）

清平乐·夜雪惊梦

夜飞春雪。厚密天仙泼。玉树琼花争光洁。醒梦惊人疑月

卷帘独倚孤窗。风吹顿觉身凉。眉蹙皆因路远。心酸久未还乡

（2024年2月29日）

清平乐·冻春

寒潮似蛊。屡冻初春雨。嫩叶新枝冰封住。

莫怨飞燕来迟。天昏草树凄迷。雾厚江山隐匿，迷途延误归期

（2024年3月1日）

清平乐·退隐

化霜成露。滋润早春树。枯叶残枝竞低语。速落莫贪高处。

助力争换新颜，谢幕休翻旧谱。香色随风飞舞，气节与时交互。

（2024年3月2日）

清平乐·春变

早春多变。冷暖时空换。新旧交锋风云乱。天地阴晴休管。

心平静待花开。时恒定送春来。色艳尽随香至，畅饮醉卧庭阶。

（2024年3月4日）

忆秦娥·莫怕桑榆晚

身心老。西山落日东山照。东山照。浮光飞逝，流影缠绕。

余生回首须言好。暮时添色休嫌少。休嫌少。征途重启，归路新造。

（2024年3月6日）

忆秦娥·育春

春潮涌。复苏万物风雷动。风雷动。惊涛漫卷，叠浪纷耸。

冰消雪化芬芳送。花开叶绿烟云宠。烟云宠。千般呵护，一朝倾奉。

（2024年3月7日）

更漏子·春来人不见

见烟光，知春意。寒冷识时消退。风复爽，雨还凉。夜来幽梦伤。

期相伴。偏分散。各把天涯望断。花开落，色荣枯。雁归音讯无。

（2024年3月11日）

清平乐·春姑娘

春风轻窕。渐去人衣少。粉面玉肌香色俏。顾盼神魂颠倒。

明眸频闪清波。红唇微漾新荷。翠黛轻依弯月，惊鸿绰约婆娑。

（2024年3月15日）

词

清平乐·借力

春来风好。唤醒冬眠草。柳绿桃红江山绕。香色不知人老。

精神矍铄承欢。身心爽朗开颜。梦幻痴狂似酒，天涯可解孤单。

（2024 年 3 月 19 日）

西江月·晚归偶得

门限形同虚设，风吹貌似偷言。时移世易少能欢。都是庸人瞎管。

夜黑细寻前路，灯昏慎驾回鸾。孤单身影步蹒跚。不怕天高地远。

（2024 年 3 月 20 日）

更漏子·春愁

草树新，乡关远。风送花香嫌慢。飞柳絮，落桃红。春光转眼穷。

凭薄暮，叹孤旅。今世已无期许。时水逝，意云飘。愁多无处消。

（2024 年 3 月 21 日）

西江月·独醉春光

昨夜一杯浅酒，今朝几缕清香。双眉新柳掩珠光。早把春宵照亮。
婉转莺声未歇，峥嵘花事还狂。芳心撩起舞霓裳。不怕无人欣赏。

（2024 年 3 月 23 日）

西江月·蜂蝶欺人

夜夜一堆乱梦，天天万卷愁肠。双眉紧锁眼忧伤。独自临风惆怅。
潦倒人生已暮，峥嵘春事才狂。花香欲染旧时裳。蜂蝶翩然不让。

（2024 年 3 月 24 日）

更漏子·苦相思

翠雾升，暗香送。谁料缤纷成冢。满天雨，一身愁。落花随水流。
忆青梅，抛红豆。夜夜醉残酒。烛泪冷，枕心寒。三更不复眠。

（2024 年 3 月 26 日）

昭君怨·美景虚设

沐浴春光人醉。香色把心安慰。历尽冷寒时。是花期。

独步芳林忘返。忽见长天归雁。身只影孤单。有谁怜？

（2024 年 3 月 31 日）

望仙门·清明赴恩施祭扫四伯墓

雨清山翠雾缠绵。祭烟酸。天涯执念奉春安。感从前。

克己资愚鲁，谆谆激励登攀。略成才小最心欢。最心欢。含笑对长天。

（2024 年 4 月 4 日）

更漏子·清明

红杏开，黄酒醉。偏在此时成对。风带雨，草含烟。绕缠天地残。

人已逝。貌犹记。难忘至深情义。荒冢冷，野山寒。频催浊泪涟。

（2024 年 4 月 5 日）

清平乐·同窗

同窗数载。惜别身还矮。浪迹天涯情常在。孤寂时光难耐。

沧桑历尽方回。容颜昨似今非。执手双流泪眼，无声各展愁眉。

（2024 年 4 月 6 日）

巫山一段云·神女

伫立腰肢细，闲来眉黛长。玉肌灵动舞霓裳。风透送幽香。

不用借花添色。面映桃红雪白。明眸顾盼泛新光。沉醉在心房。

（2024 年 4 月 17 日）

巫山一段云·赏牡丹花

历尽贫寒日，开完香艳花。满园蜂蝶竞争夸。沉醉忘回家。

红白紫黄粉绿，朵朵微波成簇。人群络绎水流潺。逐一赏玩全。

（2024 年 4 月 28 日）

巫山一段云·笑对人生

往事休纤结，余生须善求。世间充斥尽烦愁。负重更添忧。

笑对风霜雨雪。畅享春花秋月。浮云难掩是高峰。直上自从容。

（2024 年 5 月 1 日）

占春芳·纪念五四运动一百零五周年

权益损，山河碎。怒火满神州。险恶豺狼无道，弱贫国运堪忧。
学子快恩仇。挽危亡、坚毅巡游。义旗高举民苏醒，终化洪流。

（2024 年 5 月 4 日）

舞马词（二首）

一

张说文辞厚积，李唐气势招摇。

明颂殿堂歌舞，私言世道萧条。

二

彰显皇恩浩荡，咏吟社稷安康。

情系贵妃宵昼，魂消战乱凋亡。

（2022 年 1 月 4 日）

西江月·贺欧晓阳寿

川蜀人才辈出，平安利剑高悬。奸邪远望自消残。害怕侠肝义胆。
欧氏功勋两就，毕家德貌双全。今朝共奏凯歌还。尽享人间美满。

（2022 年 1 月 9 日）

忆江南·别惹中华急

虎岁迎春冬奥叠。举国欢腾，两相飞捷。粉红装扮靓神州。鼓锣声彻赞春秋。

今朝非昨无人敌。世事纷纭，别惹中华急。千年文化自精深。干戈玉帛顺天心。

（2022 年 2 月 3 日）

潇湘神·春雪多

春雪多。春雪多。落时醉乐富人窝。稼穑不知争冻土，农夫心痛泪成河。

（2022 年 2 月 19 日）

解红·节假尽

节假尽，虎龙归。校园处处童稚堆。爽朗纯真似春日，醉人灿烂满天飞。

（2022 年 2 月 24 日）

抛球乐·风月多多写

风月多多写，烦愁少少谈。少少谈。欲将心事隐，偏把泪花含。处处悲装笑，人人苦作甜。

（2022 年 6 月 16 日）

抛球乐·满月云中争出头

满月云中争出头。欲将清白照神州。奋身穿越扶摇上，全力驱除厚黑休。纵是高悬镜，怎解人间万古愁？

（2022 年 6 月 17 日）

抛球乐·暮天光亮连昼

暮天光亮连昼，持久方歇。卧孤床、昏眼紧闭，愁绪丛生，黑时无竭。烈日巨、高起高开，暴雨骤、随来随灭。世事变幻从容，喜乐开怀，偏与人心别。遇晚蝉犀利，闲人笑傲，野蛙群鼓，窗前不绝。五味少甘甜。似鲠在、残喉吞时裂。举今朝时势，垂首勿言，锁眉失辙。

懊悔虚度光阴，好奢侈、尽以无聊悦。自荒唐，人浅薄，两两交相错跌。弃丢职责，今始方知羞缺。既成事实，晚图整饬，即使穷技仍加涉。耻一生傲骨，非能阔步庙堂，怕与他人目接。还是冷冬乖，识我意、早把天帘结。盼雪夜独居，北风吹彻。

（2022 年 6 月 19 日）

西江月·远处雷声带火

远处惊雷带火，近前细雨含愁。今生苦命竟无休。望断天涯常有。
举目群山成垛，低头流水盈沟。去来皆驾破云舟。赤脚蓑衣依旧。

（2022 年 6 月 28 日）

青玉案·天涯满月烟云伴

天涯满月烟云伴。广宇静、浮光浅。漫步长空羞掩面。玉心风动，桂
香怀满。手把星灯挽。

一湖倒影皆虚幻。千古中秋尽哀怨。醉里清辉随泪散。孤亭柳断，双
眉愁乱。无语因人远。

（2022 年 9 月 12 日）

天仙子·苦海求生不畏艰

苦海求生不畏艰。惊涛化雪送冰寒。沧桑历尽盼平安。遭万劫，遇千冤。
灯火阑珊心始宽。

（2022 年 10 月 8 日）

青玉案 · 喜迎党的二十大

神州翘首群英会。国家幸、人民贵。好梦经年终有遂。旗红色艳，道宽路对。无尽甜滋味。

常年沐浴春光美。昔日飘摇世风厉。未到今朝愁不退。躬逢盛世，但求壮志。功业千秋事。

（2022 年 10 月 17 日）

兀令 · 冬日无风天自冷

冬日无风天自冷。鸟稀人静。头上云烟馨。见湖水成冰，未把江山映。嫌弃一色萧条，独自成光景。誓把新春等。

柳绿花红鸿雁领。燕巢双定。蜂蝶飞香顶。羡对对鸳鸯，尽显妖娆影。遍地桃李芬芳，争唱相思咏。误此时佳境。

（2023 年 1 月 7 日）

长相思 · 遇冬寒

遇冬寒。遇人寒。道义无存心却安。招摇欺世间。

感情伤。感情休。此地何须持久留。天涯消客愁。

（2023 年 1 月 13 日）

词

西江月·守岁迎新辞旧

守岁迎新辞旧，拜年祝福消霉。春风似酒醉心扉。画染江山更美。

家国安宁和睦，人民良善无私。复兴圆梦在今时。不愧炎黄后裔。

（2023 年 1 月 24 日）

上行杯·春日飞花是雪

春日飞花是雪。争素裹、冷寒层叠。远近朦胧心郁结。新芽尽灭。损年华，违节律。害极。天忤逆。人怎能敌？

（2023 年 2 月 9 日）

望梅花·此生偏遇薄情郎

此生偏遇薄情郎。废学业、痴迷春色，不识红颜书里藏。魂断倚轩窗。清泪无声落数场。何日得风光？

（2023 年 2 月 17 日）

思帝乡·昏昏

昏昏。夜寒心意沦。人懒鬟垂眉锁，眼无神。孤枕床头斜倚，久支坐卧身。欲忆旧时花月、尽残痕。

（2023 年 2 月 19 日）

误桃源·草树遇冬惨

草树遇冬惨，气色化烟消。独余梅不凋。染枝条。
暗香隐雪地，明眼觅花苞。朵朵在高处，各妖娆。

（2023 年 2 月 24 日）

酒泉子·春早天寒

春早天寒。破晓烟飞雾绕。日朦胧，光缥缈。戏江山。
荒凉未尽绯红寄。虚情人不理。拢青丝，环玉指。倚雕栏。

（2023 年 3 月 2 日）

词

酒泉子·春也荒凉

春也荒凉，大好韶光均照旧，芬芳何日向阳开。雁归来。

落霞无意染人腮。红粉随风香入夜，月寒幽梦绕庭阶。冷心怀。

（2023 年 3 月 5 日）

忆馀杭·春浅风柔

春浅风柔，柔织丝丝新绿意，飘摇瘦弱复丰盈。枝上色黄青。

玉肌香透云裳粉。粉染江山成细嫩。锁眉心事怕花开，开后对谁乖?

（2023 年 3 月 9 日）

生查子·既知人世艰

既知人世艰，须历身心苦。踏尽坎坷时，无惧风和雨。

云烟高处飞，江海低洼驻。万物欲生存，各自怀期许。

（2023 年 3 月 14 日）

蝴蝶儿·风不安

风不安，屡欺天。怒涛千里起云烟。日才透半边。

门锁窗关闭，沙尘四处翻。厅堂危坐惜江山。怎成今这般？

（2023 年 3 月 15 日）

添声杨柳枝·春柳飞丝绿似云

春柳飞丝绿似云。与谁邻。新叶光鲜照旧坟。冷烟熏。

岁月长河光不灭。人有别。尽将清泪洒风尘。了无痕。

（2023 年 3 月 17 日）

添声杨柳枝·别看枝头旧叶多

别看枝头旧叶多，冷哆嗦。转身新绿荡清波，尽婆娑。

无限春愁双手托，满天河。长空飞雁不回窝，怎欢歌？

（2023 年 3 月 19 日）

词

199

醉公子·早春颜色浅

早春颜色浅。暮烟身心散。满眼秃枝丫。萧条不值夸。

天涯常望断。鬓边时枕乱。床冷镜光斜。寒酸照旧花。

（2023 年 3 月 25 日）

昭君怨·春雨洗花香淡

春雨洗花香淡。嫩蕊含珠泪闪。瓣落受风吹。自成堆。

枝上曾经荣聚。地下奈何无助。失势各飘摇。有谁瞧？

（2023 年 4 月 12 日）

江城子·贺欧子煜臧瑞祺新婚

双江清水育英才。晓阳开。小川来。父子情深、携手善良栽。自古英雄巴蜀出，功业树，好胸怀。

瑞祺千里送金钗。笑红腮。两无猜。恩爱交加、相约上高阶。嫁得欧郎终不悔，心相印，影双偕。

（2023 年 4 月 22 日）